単独者のつぶやき
書評と紀行

吉岡栄一

鼎書房

はしがき

私がはじめて商業紙に書評を書いたのは一九八三年のことである。それは「図書新聞」(一九八三年三月一九日号)に掲載された書評で、全三巻からなる『コンラッド中短篇集』という翻訳本についてのものだった。当時のコンラッドに関していえば、『ロード・ジム』『ノストローモ』『密偵』『西欧人の眼の下に』『勝利』などの代表的な長編小説、「ナーシサス号の黒人」「闇の奥」「青春」「陰影線」などの有名な中短編小説は、おもに世界文学全集のなかで翻訳されていたが、中短編となると上記以外の作品をのぞけば、ほとんど翻訳されていないのが実情であった。

人文書院から出版されたこの『コンラッド中短篇集』は、中野好夫氏をはじめとする英文学者たちが手わけして翻訳したものだが、コンラッド文学の愛読者にとっての魅力は、ほかにもある邦訳されていない中短編の佳作がはじめて訳出されたことで、コンラッドの多彩な文学世界に触れることができるようになったことである。なぜコンラッド研究者の端くれでしかなかった若輩者に声がかかったのか、その経緯はすっかり忘れてしまったが、私にとっては二十八年前の忘れがたい最初の書評となっている。最近、必要があってコンラッドと村上春樹との関係を調べていたところ、驚いたことにそのころ新進作家であった村上春樹もまた、おなじ『コンラッド中短篇集』を「朝日ジャーナル」(一九八三年七月一日号)誌上で書評していたことに気づいた。

二十八年前の最初の書評から、私はそのときどきの求めに応じて、書評紙や雑誌などさまざまな活字媒体に書評を書いてきた。この本に収めた近年の書評でいえば、「産経新聞」に書いた大庭みな子の遺作『七里湖』(二〇〇七年一一月一九日)や、川西正明の評伝『吉村昭』(二〇〇八年九月一日)などがある。やや長めの書評では「スペイン現代史」(二〇〇八年一二月)に寄稿した、ニコラス・ランキン著、塩原通緒訳『戦争特派員　ゲルニカ爆撃を伝えた男』がある。いまからふり返ってみると、肩に力の入った若書きの文章も目につき、はなはだ汗顔のいたりだが、明らかな誤植を訂正したほかは、だいたい初出のままとなっている。

本書は大まかにいえば書評と紀行文の混成体であり、ある見方をすれば雑文集のようなものである。書評は三部からなり、Ⅰ部が英米文学関係、Ⅱ部が日本文学関係、Ⅲ部がノンフィクションという配置になっている。ちなみに日本文学関係のものには、本名ではなく砂原一郎というペンネームで書いた書評も含まれている。Ⅳ部の紀行文のところには、アメリカ留学時代のもの、マレーシアとスペインを旅行したときの印象記がそれぞれ収録されている。「マレーシア幻視旅行――金子光晴とコンラッドの足跡を求めて」は、おもに英米文学を専攻している大学教員を中心とする同人誌、『文学空間』にかつて書いたものである。私にとって金子光晴は心から敬愛する詩人であり、コンラッドは主たる研究対象にしているイギリス作家である。

「スペイン紀行」は岳真也、三田誠広、笹倉明などプロの作家たちが主宰していた同人誌、『えん』に書いたものである。スペインといえば、オーウェルがスペイン内戦のときにPOUM(マルクス主義統一労働者党）の民兵としてファシストと戦った国であり、私自身も長年にわたって「オーウェル協会」の会員でもあったことから、深い関心をいだいて参加したツアー旅行であった。このように全体としてみれば、本書は雑文集のごとき体裁の本だが、ここに収められた書評ないしは紀行文を触媒として、読者の皆さんがさらに深い読書に向かわれんことを期待したい。

最後になったが、本書の意義を理解され煩雑な編集作業を引き受けていただいた、鼎書房の加曽利達孝氏には、この場をかりてあらためて感謝の気持ちを記しておきたい。

二〇一一年五月

吉岡栄一

目次

II 日本文学

III　ノンフィクション

Ⅳ　紀　行　文

I 英米文学

中野好夫他訳『コンラッド中短篇集』（全三巻）刊行を機に（人文書院）

ジョウゼフ・コンラッドの中短編の佳作を網羅した選集の第一巻目を読んだ。コンラッドといえば、難解あるいは晦渋といった印象がつきまとい、ともすれば研究対象として専門家の狭い領域に限定されがちであったが、このたび出版の運びとなったこの選集は、続刊も加えると全三巻になる予定で、それだけでも『ノストローモ』や『ロード・ジム』の作者として知られる、このポーランド生まれの異色作家の文学的達成の全体像に、新たな光が当てられることが期待される。

第一巻に収められているのは「潟」「進歩の前哨基地」「闇の奥」「エイミー・フォスター」である。これらの四つの作品は著者のほぼ初期に属するものばかりであるが、主題的にも長編小説への架橋となるばかりではなく、それ自体がコンラッドに特有の文学的な小宇宙を構築していて興味深い。

例えば、マレー群島を舞台とした「潟」は、作者の船乗りとしての東洋体験が色濃く投影された佳品である。原始の胎動を伝えるような濃密な自然描写のなかでの、アーサットとディアメレンとの悲恋が、現実と幻影、生と死、光と闇などの対立的な象徴を駆使して描出されているこの作品は、後に多くの長編で追求されることになる文学的主題のひとつの萌芽を含んでいる。そして、この物語の終局において主人公アーサットが見る、「光明の彼方にある幻影の世界の暗黒」もまた、コンラッドのすぐれた小説を底流する中心的な小説要素のひとつである。

この光と闇の対立は、「進歩の前哨基地」においては原始と文明との対立として強調されている。「交易と進歩の先駆者」として、西欧文明社会から駐在員としてやってきたカイヤールとカルリエが、アフリカ大陸の原始に圧倒され、孤立と良心の麻痺状態のなかで自滅してゆく過程は、次の「闇の奥」で深化され劇化されている。

「闇の奥」は作家の代表作のひとつとして知られているが、コンラッドを作家として成長させる契機となった、いわゆる「コンゴ体験」と密接に結びついた作品でもある。ヨーロッパ帝国主義の原住民に対する支配と搾取への怒りを基底にしたこの実存主義的な小説は、多重的なイメージのもつ喚起力と漸進的な劇的緊張を孕みながら、物欲に支配されその人間性を荒廃させてゆくクルツの虚妄性をあばき立ててゆく。そして、「荒野に亡ぼされた」クルツの姿は、語り手のマーロウにも深刻な自己認識を促すことになる。ここではアフリカの原始の自然が「人間の思惟を拒む神秘」として現前化してきて、われわれが自己の内奥にかかえ込んだ心の闇の深さも想起させてくれる。

コンラッドはイギリスに帰化した後、中産階級のなかに自己の存在を定位させようと腐心したが、どうしてもポーランド人としての民族意識を捨て切れなかったようだ。「エイミー・フォースター」はそのような作者の孤独と異和が投影された作品である。移民船の難破者として異境に投げ出されたヤンコーの苦悩は、作者の意識の反映であるばかりでなく、その孤独と絶望のなかでの死はエイミーとの結婚の破綻とともに、民族的・言語的な相違がもたらすところの悲劇でもある。

コンラッドは二十世紀小説のもつ形式の可能性を探求し、その領域を拡大することに貢献した作家として知られている。そして、彼が自己の小説世界のなかで追求しようとしたことは、人間の裏切りとその償いという倫理を機軸にして、社会と個人との関係を大きく視野に取り込むことで、疎外され孤立した人間の自意識の地獄を呈示することであった。そして、この著者の普遍的な文学的テーマの先駆をなすのが、当選集に収められた小説群である。

この意味でも、訳者それぞれの個性あふれる達意の訳文を得た本書は、コンラッドの文学世界を理解するうえで、読者に大きな便宜を提供することになるであろう。


（「図書新聞」一九八三年三月一九日号）

L・カール編集主幹
『J・コンラッド書簡全集』（全八巻、ケンブリッジ大学出版局）刊行開始

久しく刊行が待たれていた『コンラッド書簡全集』（全八巻）の第一巻目が、新資料出現への熱い期待をこめて、今夏ケンブリッジ大学出版局から上梓された。綿密な考査をへて日の目をみることになった本書は、続刊も加えると全八巻の膨大な書簡集になる予定で、全巻完結の暁には先行のどの書

簡集にも未収の新発掘の資料をも含めて、その数三千五百通をゆうに越える手紙が採録されることになっている。

これはコンラッド研究史上、記念すべき画期的な出版と言わなければならない。この貴重な大著の書簡集を得たことで、二十世紀文学の先駆者のひとりとして知られ、理想と絶望のはざまで苦悶したポーランド生まれの懐疑家、コンラッドの未知の領域に新たな光が当てられることが期待される。それればかりではなく、テキスト解読のための基礎的な資料として、あるいはまた作品の背後に隠された作者の文学理念や創作意図を浮き彫りにする装置として、本書簡集は研究者のみならず一般読者にも測り知れぬ便宜を提供することになるであろう。

さらにこの書簡集を意義深いものにしているのは、編集主幹のフレデリック・カールも「序文」で述べているように、一九二四年に出版され今では絶版となっているオーブリーの全二巻の『ジョウゼフ・コンラッド―生涯と書簡』以後、それぞれ裨益するところ大である重要な個人宛て書簡集がいくつか出版されはしたものの、この体系的な英語版の書簡集の出版がほぼコンラッドの生涯を網羅する決定的な全集になることである。その上、オーブリーの書簡集にはとくに伝記部分に事実誤認や恣意的な削除や遺漏があり、全幅の信頼を置けないものであってみれば、改めて今般の出版の重要性が思われてくるのである。

さて、編集主幹のカールとロレンス・デーヴィスを得た今回の初刊では、一八六一年から一八九七年までの続刊のどの巻よりも長い、コンラッドの前半生をほぼカバーする手紙が集められている。すなわち、ワルシャワで反ロシア蜂起の秘密結社を結成していた頃の不在の父親に宛てて、母エベリーナの助けを借りて書いた三歳半の無邪気な手紙に始まり、コンラッドの精神と肉体に深刻な影響を残したコンゴ体験期を経て、二十年にも及ぶ船員生活に終止符をうち、作家として自立する四十歳までの手紙が収録されているのである。

別言するなら、ロシア流刑による両親の死という政治に翻弄された過酷な幼年期を経たあげく、当時ロシアに分割・支配されていた祖国を捨てた孤独な異邦人が、船員として人生の辛酸をなめた後、イギリス作家に転進するまでの精神の軌跡が跡づけられているのである。作家に転進後だけに限定するなら、処女作『オールメイヤーの阿房宮』や『ナーシサス号の黒人』などの秀作を発表し、文壇に地歩を固めつつ、『闇の奥』や『ロード・ジム』、それに『ノストローモ』などの一群の政治小説に至る、コンラッドの小説的達成の峰を形成する前の、いわば作家としての発酵期に当たっていると言えるであろう。

それを証明するように、第一巻に採録された手紙はフランス語で書かれた親類のポラドフスカ夫人に宛てたものを除けば、圧倒的に文学関係者に集中している。たとえば、それは編集者のエドワード・ガーネット宛であり、その他数は少ないがスティーヴン・クレイン、ヘンリー・ジェイムズ、H・G・ウェルズなどの文学者に宛てた興味あふれる書簡も含まれている。

本の内容にもまた周到な目配りがゆき届いている。読者の便宜を考慮した詳細な脚注と便利な索引、発信相手の紹介、コンラッドに関する年表、地図、写真など多彩で細心の編集方針が貫かれている。

そして何よりも便利なのは、ポーランド語での手紙は原文と英訳の二つが同時に併載されていて、読者にとっては親切で読みやすい体裁になっていることである。

このように、細部にも配慮をこらした本書簡集の出版は、先行のほとんどの書簡集が入手困難な現在、その意義は重大であり、またこれまでの書簡集の欠落部を埋めるものとして、コンラッド研究に新たな展望と豊かな実りをもたらすことであろう。この意味でも、本書は揺るぎのない権威を約束されている。

（「図書新聞」一九八三年一一月五日号）

鉄村春生

『想像力とイメジ──D・H・ロレンスの中・短編の研究』（開成出版）

本書は副題が端的に示しているように、鋭敏な感受性と神秘的な感性にめぐまれた作家、D・H・ロレンスの六十二編の中・短編をめぐる研究の集大成である。ロレンスといえば、キリスト教と現代文明批判を軸にして、人間のもつ根源的な生命力を讃歌し、主体性の回復を希求した流浪の作家と位置づけられているが、本研究書はそのようなロレンスの生の軌跡をも踏まえつつ、この作家に特有な文学的想像の発芽から熟成に至るまでの過程を、精緻な分析力を駆使して解明しようと試みている。

このような明確な目的意識に支えられた著者は、ロレンスの中・短編小説群に独自の意味づけを行っている。すなわち、これらの作品群を『チャタレイ夫人の恋人』、『息子と恋人』、『虹』、『翼のある蛇』などの長編小説を解読するための単なる補助物、あるいは補完物とするロレンス研究史上の支配的な流れにあらがい、それ自体ロレンス文学の小宇宙を啓示するものという認識を出発点にしている。このような基本的な認識を立脚点に、著者はまずロレンスの中・短編小説群を特徴づける文学的な要素として、暗闇感覚、異教時間、イメジと象徴、祭祀と呪術、それに愛憎などの刺激的な要素を指摘したうえで、ロレンスの文学的な想像力がこれらの要素を織りこみながら、処女短編の「ステンドグラスのかけら」から、ロレンスの芸術的なひとつの達成をしるす『死んだ男』に向かって、いかにしてその成熟の度を深めつつ言語化されていったかの軌跡を、個々の作品に沿いながら論証してゆく。

その論証の手段として著者が採用している批評的な武器は多岐にわたるが、おもに神話批評を分析の中心軸にすえ、精神分析やフォークロアなどの学説を援用しながら、作品内部にひそむ象徴、原型、イメジャリー、隠喩、寓意、暗示、そして物語パターンなどを探りあて、それらが作品構造のなかで担っている意味作用を的確に判定している。作品分析をする過程で、著者がとくに重視しているのは、動植物のシンボルが内包する隠された意味に思われるが、それをロレンスの中・短編世界を貫く死と再生の循環的な復活劇と絡ませて論じるとき、著者の分析力は鋭さを増してくる。

ともあれ、著者は初期の荘園を逃亡して森に逃げこむ農奴を扱った「ステンドグラスのかけら」から、この復活神話を想起させる死と再生のドラマが、微妙な形で顕在化していることを指摘している。

これは伝奇ロマンスと虚無のムードのただよう説話風物語の佳作、「馬で去った婦人」にも外在化している要素である。この生け贄の伝承を使った物語の核心は、キリスト教と新大陸の異教文化の対立であるが、ここにも著者は対立から調和・再生にいたる、ロレンス文学の大きな波のうねりの存在をみている。

「島を愛した男」もまた説話風の物語系譜に属するが、ここでは主人公の匿名性が徹底的に強調され、物語はいっそう寓話に接近するが、作品を底流しているのはやはり、死と再生の復活ドラマである。そして、ロレンスの思考と芸術の総決算とも言うべき「島を愛した男」は、いわば太陽をもたない、擬似的な情熱に憑かれた男の破滅の物語と位置づけられているが、異教的な角度からする復活の物語とも規定できる。なぜなら、異教的な自然の循環のリズムのなかで、このキリストを想起させる固有名詞を剝ぎ取られた匿名の男は、豊饒と官能を強く暗示する肉体性を回復することで、ロレンス文学に通有の生・死・再生の儀式を演じるからである。

ここには著者が「序章」で指摘する、ロレンスの中・短編世界のエッセンス、すなわちキリスト教と異教との対立、「肉」と「言」の対立と調和、性と階級意識、現代文明と古代の暗闇と沈黙への下降などが、妖の世界の回帰思想とともに提示されている。ともあれ、本書は著者のロレンスへの愛と熱気が伝わってくるような力業であり、日本におけるロレンス研究の新たな収穫であるといわなければならない。

（「図書新聞」一九八四年六月一六日）

井内雄四郎『現代イギリス小説序説』（南雲堂）

本書はジョウゼフ・コンラッドの政治小説『密偵』の訳者として知られる井内氏の、政治と実存の視座からする現代イギリス小説論集である。ここに収録されている論考の数々は、著者の文学的な興味や関心の方向性を反映して、人間の倫理的な姿勢や善悪の二面性に眼を向けた作家たち、すなわちコンラッドを中心軸に、ヘンリー・ジェイムズ、アイリス・マードック、そしてマーガレット・ドラブルへと、その対象とする領域は戦後のイギリス小説を先導するふたりの女流作家にまで及んでいる。

実際、作品の分析対象は多岐にわたっているが、本書のなかで著者が一貫して追求していることは、現代小説の存立条件とは何かという命題である。著者の知見によれば、十九世紀から二十世紀までの西欧文学の偉大性を決定づけるものは、人間の深層意識のなかに伏在する魂の、不可思議で矛盾にみちた構造を解明する努力にあり、そしてその努力の偏差が文学の現代性をしめす重要な指標になっているという。

このような基本的な認識を出発点に、著者はまずコンラッドの『ロード・ジム』のなかに顕在化している対立・矛盾する概念、「暗く絶望的な世界観」と「ストイックな倫理」との拮抗に照準を合わせ、なぜ主人公ジムが〈忠誠〉の倫理に執着するのかをめぐって、作者コンラッド自身の存在にかかわる形而上学的な問題の所在を浮き彫りにしてゆく。この主人公に投影された作者の二律背反的な矛盾と混乱は、作者の内面意識の分裂の所産であり、そこに実存主義的な分析方法を採用する著者は、神なき時代の根源的な人間の生の不安と絶望を感得し、その反作用として作者＝主人公の〈忠誠〉の倫理への傾斜を指摘する。

つぎの実存主義的な政治小説『密偵』の分析では、著者の関心は登場人物の革命家やアナーキストに対するコンラッドの誇張した戯画化の意味の解明に向けられる。この革命家たちに対する肉体の戯画化のなかに保守反動家としての作者の悪意や、物語の内的論理の破綻を見ることは簡単であるが、著者はそこを超出した地点にポーランドという民族的条件と不可分に結びついた、コンラッドの政治を拒む透視者の思想と徹底した離脱性を読み取る。この政治の残酷さと虚妄性を冷ややかに、そしてアイロニカルな眼で観察するところに、著者はコンラッドの政治的洞察力の秀抜さと小説の現代性があると結論づけている。

つぎの論考の対象となる『運命』と『勝利』論では、もっぱらコンラッドの作家的想像力の衰退が問題とされることになる。とくに『運命』という作品は、前期の『闇の奥』、『ロード・ジム』、『ノストローモ』などの創造的な才能の噴出とは異質の、作家的エネルギーの凋落の出発点として位置づけられている。すなわち、ロマンスめいた感傷的な倫理や人間認識の単純化、不正確で空疎なレトリックへと後退してゆく分水嶺となる作品と規定されるのである。たとえば、この想像力の衰退は後期を代表する『勝利』にまで及び、愛による孤独の超克というコンラッドに普遍的なテーマを扱いながら、抽象的な観念とセンチメンタリズムの混交をしめす哲学的なロマンスに堕していると著者は主張している。著者のこの指摘を待つまでもなく、コンラッドの小説的な達成は、前期作品において評価されるのが当然であろう。

さて、次章はコンラッドの政治性を批評史の流れから考察していて示唆的である。ここではコンラッド作品を政治的な観点から分析して定評のある批評家たち、ローゼンフィールド、フライシュマン、ヘイ、ケトルなどの分析方法の有効性や単眼的な方法論に疑問が投げかけられている。そういう方向ではなく、著者が政治的なコンラッドの全体像を提示することに貢献したと評価するのは、『密偵』の独訳に寄せたトーマス・マンの鋭い直感と洞察力をもつ論文であり、詩人アーサー・シモンズのコンラッドを「海洋作家」としてではなく、内面の悪の探求者、あるいは凝視者と捉えた、先駆的なコンラッド観である。さらに戦後のコンラッド再評価はジョージ・オーウェルによって口火が切られ、コンラッドをイギリスが誇りうる数少ないユニークな政治小説家として位置づけている。

著者の意見によれば、政治的コンラッド批評史が達成した独創的な言説は、アーヴィング・ハウの『政治と小説』所収の「秩序とアナーキー」によってなされたという。この精神分析的な洞察力を駆使したハウの論文は、秩序と安定、闇と混沌のはざまで揺れつづけた二律背反的な矛盾をはらんだ存在者を、ポーランド・ナショナリズムとの関連で捉えたところに画期性があり、政治的なコンラッド批評史の金字塔であると揚言している。

それはともあれ、著者はつづいてコンラッドと同様、精神的な国籍喪失者であるジェイムズの『カサマシマ公爵夫人』に論及しているが、著者はそこに十九世紀末ヨーロッパの動揺する社会的、政治的な現実がもたらしたところの、保守的審美主義者ジェイムズの不安と動揺の反映をみている。

最後はマードックとドラブルが考察の対象になっているが、マードックの場合、ジョイスによって徹底的に破壊された小説の物語性、プロット、時間性、性格描写などを蘇生させようとする彼女の小説方法論上の現代的な意義、さらには彼女と俳句や禅との関係が実証的に検証されている。ドラブルについては代表作『石臼』論を中心に、彼女の主題の斬新さと文体的な特徴が論じられている。

このように著者は、本書において実存主義的な観点からコンラッドとジェイムズの政治性に言及し、マードックとドラブルについては、その小説のもつ現代性に着目している。とくに本書の圧巻ともいえるコンラッドの作品論は、著者の長年の研究成果が凝縮されていて、紛れもなく一読に価するものとなっている。

（「図書新聞」一九八四年八月一五日号）

『牧師の娘』

ジョージ・オーウェル、三澤佳子訳（〈オーウェル小説コレクション3〉晶文社）

ひとりの作家の思想性や文学性はなにを基準に測定可能となるのであろうか？　ある文学作品が産出された途端、それは作者＝生産者の手を離れて市場に送り出され、読者＝消費者の恣意のままに選択され、消費されるというのは周知の事実であろう。しかし、ある作家の特定の作品＝商品だけを媒介にして、その作家の文学的な全体像を把握しようと試みるとき、そこには絶えず鏡像的な歪みが生じる危険がつきまとうのもまた事実であろう。

評者がこんな感想を抱いたのは、今年がオーウェルの予言的な逆ユートピア小説『一九八四年』の当年にあたり、狂わしいまでの政治的オーウェル像が喧伝されているからである。なるほどオーウェルは政治的な傾きの強い作家ではあるが、それだけが彼の文学的な本質ではない。非政治的な側面もまた彼の実像のひとつなのである。その非政治的な側面が虚構作品を通して顕在化しているのが、オーウェル小説コレクションの棹尾を飾る『牧師の娘』（一九三五年）である。

この『牧師の娘』はオーウェルが女性を主人公に設定した唯一の作品であり、『パリ・ロンドンどん底生活』、『ビルマの日々』に続く、彼にとっては三番目の作品として知られている。本作品をめぐる中心的な主題は、訳者の三澤氏が「解題」のなかで的確に指摘しているように、未婚の女主人公ドロシー・ヘアの精神の遍歴に具現化されたところの、信仰とその喪失を枢軸に展開する宗教上の問題である。この作品はまたオーウェルの実体験が色濃く投影された作品であり、そして宗教的な信仰の問題が彼の終生にわたる重大な関心事であったことを考え合わせるなら、彼の主要な作品を解読するためには不可欠の作品ということになる。

物語はオーウェルの原風景ともいえる平穏で牧歌的な、ナイプ・ヒルという片田舎の牧師館を舞台にはじまる。快楽主義者で好色な中年男、ウォーバートン氏とドロシーの性的なスキャンダルが唯一の刺激物となるような狭い教区社会を背景に、頑迷で気むずかしく、時代錯誤的な牧師の父親の世話に明け暮れる敬虔なドロシーが、ある日とつぜん信仰を捨て去り、牧師館を出奔する。それから、記憶喪失の夢遊状態のなかでホップ摘みの最底辺の労働に従事したり、ロンドンで悪夢のような浮浪者生活を体験したり、露骨なほど営利主義的な私塾の教師をしたりして、さんざん人生の辛酸をなめ尽くしたあと、ふたたび故郷の牧師館の平凡な日常生活に回帰するまでの過程が、部分的に構造上の欠陥はあるものの、伝統的なイギリス小説を想起させるような、リアリスティックな筆致で描かれている。

結局、孤独と苦悩にみちたドロシーの精神の放浪は、平凡な日常生活や労働の価値の再認識を経て、「あるがままの生命」を受容することで終わる。ピカレスク形式にもられたドロシーのこの数奇な運命の変転は、盲目的信仰から自覚的信仰へという「らせん状」の図式を描いているが、物語の原型パターンからいえば、「通過儀礼」の型に対応しているように思われる。自己の根源的な〈生〉の意味を求めて放浪するドロシーの生の軌跡には、少女から大人へ、未熟から成熟へ、観念の世界から経験の世界へと、段階的に変容をくり返しながら、最後には自立と覚醒にいたるパターンが潜在しているからである。

それはともあれ、オーウェルの政治的な代表作である『ウィガン波止場への道』、『カタロニア讃歌』、『動物農場』、あるいは『一九八四年』などの愛読者にとって、『牧師の娘』は不満の残る作品であるかも知れない。しかし、先にも述べたように、オーウェルの作家的な全体像を視野に収めようとするとき、重要な宗教問題を内包する本作品は軽視すべき作品ではありえない。最後になったが、それぞれに平明で達意の訳文を得たこの非政治的な小説コレクションが、本作品をもって完結したことをオーウェルとともに喜びたい。

（「図書新聞」一九八四年九月一日号）

ウォルター・アレン、和知誠之助他訳『イギリスの小説（上・下）』（南雲堂）

本書は、二五〇年以上にもわたるイギリス小説の変遷過程をたどった、ウォルター・アレンの古典的名著の翻訳である。この一九五四年に出版された貴重な労作のなかでアレンは、歴史的な諸相を背景に取り込みながら、大河のように連綿とつづくイギリス文学の流れを俯瞰し、小説という文学形式のはらむ問題点を浮き彫りにしつつ、イギリス小説の生成から発展にいたる過程を、堅実な批評方法で丹念に跡づけている。英語・英文学の泰斗としても知られ、みずからも小説創作の筆をとるアレンという名案内者をえた本書は、この意味でも、他の追随を許さない卓抜したイギリス小説の通史となっている。

ところで、大部の本訳書は上・下巻に分かれ、上巻にはヴィクトリア朝前期までの、いわばイギリス小説の潜勢的な萌芽期から、開花期までが収められている。批評戦略として通時的な批評方法に依拠するアレンは、まず、文学にたいする透徹した洞察力と鋭敏な感受性を頼りに、イギリス小説という流れを遡行し、その源泉を探りあてる旅に出発する。作品の価値判断をするにあたって、ある作品とほかの作品との影響関係や類縁性を検証することが必要になってくるからである。このような小説発見の旅の過程で、思わぬ作品が発掘され、新たな光が当てられることになる。

たとえば、イギリス小説の土台を構築する上で、チョーサの『カンタベリー物語』やエリザベス朝演劇、とくにシェイクスピアの戯曲などが、後の小説形成に潜勢的な影響力を及ぼしたことは周知の事実であるが、しかし、アレンはアフラ・ベイン夫人のような忘却の淵にある群小作家の作品をも看過することなく対象化し、新たな意義づけを行っている。彼女の『オルーノーコ、または奴隷王子』という作品は、アレンの眼力にかかると、反帝国主義的な文学、あるいは反植民地文学の先駆的な作品と位置づけられることになる。

それはともあれ、イギリス小説の揺籃期において、最も大きな影響力をのちの小説に行使したのは、セルバンテスの英訳『ドン・キホーテ』を別にすれば、ジョン・バニヤンの『天路遍歴』であろう。バニヤンをイギリス散文物語の最初の独創的な天才と想定するアレンは、小説の重要な構成要素である〈迫真性＝リアリティ〉の最初の具現を、この寓意物語のなかに見ている。そして、この発芽を培養し醸成することになるのが、イギリス小説の始祖と称されるデフォーである。人間をリアリスティックに描いた彼の『ロビンソン・クルーソー』や『モル・フランダース』、さらにはスウィフトの風刺物語を経て、イギリス小説は十八世紀になって初めてその開花期を迎えることになった。

アレンの指摘によれば、この開花期は書簡形式を開拓したリチャードソンの『パミラ』で始まり、海洋小説にも腕の冴えをみせたスモレットの『ハンフリー・クリンカー』で終わることになるという。偉大なイギリス小説の原型が確立されたのはまさにこの時期であり、その後、この小説という文学形式はフィールディングの『トム・ジョーンズ』という卓越した構成とプロットをもつ本格的な作品によって、イギリス文学のなかに揺ぎない地位を占めるに至った。ところが、この概念的にも形式的にも確立したかにみえた小説というジャンルも、突然変異のように出現したローレンス・スターンの『トリストラム・シャンディ』によって歪曲、逸脱、破壊をこうむり、それからゴシック小説の輩出に顕在化した、不毛と衰退の時期を経験することになる。

このような紆余曲折と変容をくり返しながらも、イギリス小説は着々と時代から栄養分を吸収しつつ、十九世紀のジェイン・オースティンの登場を待って、さらに豊かな実りをもたらすことになる。マライヤ・エッジワースは「地域小説」という新しい分野を開拓し、オースティンは小説の構成面において、フィールディングの劇的手法を継承しつつ、それを独自に展開して『自負と偏見』などの名作を残すことで、近代小説の概念を確定することに貢献した。さらにスコットはロマンティックな歴史小説で広範な一般読者を魅了し、バルザックなどのヨーロッパ作家に影響をあたえた。そしてヴィクトリア朝前期に入ると、産業革命によって新たに台頭した中産階級の読書人口の増大にともない、小説は飛躍的に読まれはじめ、マリアット、ディケンズ、サッカレー、ギャスケル夫人、さらにブロンテ姉妹などの優れた小説家が続々と登場し、百花繚乱といえるほどの活況を呈したのである。

さて、そろそろ紙数も尽きてきたが、下巻のほうではヴィクトリア朝後期から、ジョイスやロレンスに代表される現代文学までの小説の発展過程が概観されている。アレンはここでヴィクトリア朝後期の小説の特徴を、産業革命によって噴出した社会的矛盾に眼をつぶり、ひたすら文明の進歩と倫理的美徳を盲信した前世代への反発、ないしは批判が小説創造の原動力になったと要約している。このような時代相を背景に、イギリス現代小説の始祖とたたえられるジョージ・エリオットは、並はずれた知性と想像力を駆使して、『ミドルマーチ』などの傑作を書いたが、そこにアレンの慧眼はイギリス小説の本質的な変化の現れをみている。

そして、このようなイギリス現代小説の伝統はメレディス、ハーディなどの手を経て、ヘンリー・ジェイムズに受け継がれ、彼のもとで小説形式のもつ新たな可能性が模索され、実験されることになるのである。ジェイムズは古い小説と新しい小説の断層を鋭敏に意識し、フロベールのように小説を〈芸術〉にまで高めるための技法上の革新と、理論化の作業をおし進めながら、『鳩たち』、『使者たち』などの後期の小説で見事にそれを実践し、結晶化したのである。

この自覚的な技法の開拓者、ジェイムズの真の後継者とアレンが揚言するのが、ポーランド生まれの異色の小説家、ジョウゼフ・コンラッドである。アレンの主張によれば、コンラッド以後のイギリス現代小説の実験は、ドロシー・リチャードソンやウルフなどのいわゆる「意識の流れ」派の小説を経て、ジョイスとロレンスという現代小説の文学的巨人によって、その極限にまで押し進められた結果、文学の一形式としての小説の可能性がまだ残されているのかどうか、にわかに定めがたいと結んで、アレンは自己のイギリス小説史を終えている。

アレンの限りない文学への愛と鋭利な批評眼に支えられた、このイギリス小説の通史を読みながら、評者は芳醇なウィスキーのまろやかな味わいを思い出した。あわてず騒がず、その悠揚迫らぬ批評態度には、構造主義や読者受容理論、あるいは記号論や解体批評のもつ血のしたたるような切れ味はないが、どことなく文学愛好者を安心させてくれるところがある。

（「図書新聞」一九八四年一二月二二日）

片桐ユズル（編著）『オルダス・ハクスリー　橋を架ける』（人文書院）

オルダス・ハクスリーといえば、ジョージ・オーウェルの反ユートピア小説『一九八四年』の先駆的な作品である、『すばらしい新世界』の作者として知られているが、彼の文学のみならず哲学・科学・宗教にまでわたる広範な思想の全体像は、残念ながら未知のベールに包まれた部分も多い。ハクスリーは機械的な人間論への懐疑を出発点に、肉体と精神、科学と宗教の統合を志向した思想的な文学者でもあるのだが、本書はこのようなハクスリーの共同研究会を母体にして、文字どおり専門分野を超えてハクスリーに肉迫しようという試みに満ちている。

たとえば、巻頭の堀正人の論文では、ハクスリーの思想の〈無中心性〉の問題がおもに扱われ、人間を「肉体＋精神」とみる科学的人間主義を斥けたハクスリーが、精神と肉体の統合を軸に人間存在のひとつの「霊的統一体」をめざして、思想的な回心をとげてゆく過程が跡づけられている。「オルダス・ハクスリーと精神世界」（本山博）では、ハクスリーの宗教思想が内包している「幻視」（ビジョン）に焦点が当てられている。本山によれば、ハクスリーのいう「幻視」の世界とは、霊の世界あるいは天使の世界のような神人合一の境地にほかならず、それはフロイト心理学の「無意識」やユングの主張する「集合的無意識」よりもさらに奥深いところに存在する、ある説明しがたい無意識の領域ということになる。

ヤリビア・ド・オールビルの「オルダス・ハクスリーの思い出」は屈のこらない楽しい回想記となっている。このハクスリーの姪は、ベルギーから難民としてアメリカに渡ってから見聞した、ハクスリーの生活態度や人柄を幼児の眼を通して描いている。その他、インドの偉大な覚者として知られ、昨年その思想の一端をしめす『真理の種子』が翻訳・紹介された、ハクスリーの親友でもあったJ・クリシュナムルティの印象もここに記されている。

作家の中村真一郎は「ハクスリーと私」を寄稿している。作家として自立するときにハクスリーから受けた、小説方法上の影響を中心に、プルーストとは対照的な方法で、十九世紀リアリズムを超出した、ハクスリーの小説の時間感覚の特異性について触れている。中山容は初期のハクスリーの作品、『対位法』、『クローム・イェロー』、『すばらしい新世界』などを手がかりにして、知性と本能のジレンマをくぐり抜けたハクスリーが、「死の賛美者」たるパスカルとは対照的に、いかにして「生の賛美者」、別言するなら理知や美の向こう側にある、霊的神秘につつまれた世界を認知するに至ったかを、説得的に論及している。

鶴見俊輔は「ハクスリーと日本文化」というタイトルで、ハクスリーの一九二五年の日本滞在から生まれた、日本文化についての印象が、一九三〇年代のヨーロッパの政治的危機を契機にいかに変わっていったかを論じている。「ハクスリーの未完の小説と一般意味論」（片桐ユズル）では、オーウェルの『一九八四年』と比較対照させながら、意味論的な観点から『すばらしい新世界』のはらむ全体主義の問題と、個人の潜在的な能力を最高度に実現させることを目的とした社会を描いた、ユートピアン・ファンタジーともいうべき『島』の世界が論じられている。そして、レベッカ・ジェニスンの「科学のむくい」では、ハクスリーの科学思想の核心が、最後の「病人の世界像」（横山貞子）ではハクスリーの病歴と彼の思想形成とのかかわりが、たんねんに分析され検出されている。

さらに便利なことに、巻末にはハクスリーの著作一覧、簡をえた著作解題、日本語研究分析、索引などが付されていて、入門者にも益するところ大となっている。高度産業社会や物質文明のもたらす精神への〈汚染〉が憂慮されている現在、本書は管理化された〈個〉を解放するための有効な処方箋となっている。

（「図書新聞」一九八五年三月九日号）

本多英明『トールキンとC・S・ルイス』（笠間書院）

本書は現代イギリス文学をおもな研究領域とする新進気鋭の英文学者、本多英明氏の三冊目の著作である。一冊目の『英国の子どもの本』で氏は、イギリス文学に養分をあたえているファンタジーの豊かさに瞠目し、それを児童文学という枠組みのなかで追求したが、昨年、オーウェル・ブームの渦中で上梓した『ジョージ・オーウェル』では、加熱した政治的オーウェルにはさして関心を示すことなく、ひたすらオーウェルの小説が内包する形式や構造に着目しつつ、イギリス散文文学の探求に焦点をあわせていた。著者の「あとがき」の言によれば、本書はこのような前作の問題意識を融合し、拡大したものということになる。

文学の世界においては、創造的で個性的な作家同士が、不思議な邂逅から触発を受けて、天啓のように優れた作品を産出することがある。本書でもイギリス文学史上、稀有で類いまれな収穫をえた二人の文学者、トールキンとルイスの出会いと別れにスポットライトを当て、その作品と生の軌跡を比較しつつ、二人が共有した想像の秘密を明らかにすることで、文学形式としてのファンタジーの本質と可能性を伝記的事実に基づきながら検証しようとしている。

「トールキン、C・S・ルイス小伝」と名づけられた序章において本多氏は、高名な言語学者でもあったトールキンの代表作『指輪物語』や、芸術論を根底にした宗教寓話『ニグルの木の葉』に顕在化している〈旅のイメージ〉を手がかりとして、トールキンの心情に影響をあたえた精神風土を探る旅に出発する。

これは作家の創造の核心に迫る旅でもあるのだが、そこで氏はトールキン文学の土台を支えている神話体系の重要な二つの要素、すなわち「田園喪失」と「母性への思慕」が作家の創作衝動を刺激したと指摘しているが、とくに自分を育んだイギリスの田園風景が機械文明の発達によって危機にさらされたことが、トールキンの創作衝動の根底に横たわっていることを強調している。この田園志向とその曲折、あるいは信頼の挫折はオーウェルの『空気を吸いに』にも底流している中心的な問題意識でもある。

他方、トールキンの盟友であったルイスは、現代イギリスでも最も良心的で啓蒙的なキリスト教作家であるばかりか、中世英文学者としても知られているが、彼の創作の中心的な命題は「瞬間」を書きつづけたことにあると結論づけられている。そして、ルイスを無神論者からキリスト教の熱心な信徒に変える一因をなしたのは、ほかならぬトールキンであり、ルイスの多くの作品にはこのトールキンの思想、作品と人となりが色濃く投影されているという指摘は、本書を貫く基本的なテーマとなっている。

このような伝記的な事実を大きく視野に取り込んだうえで、著者は二人の作家の代表作品を具体的に分析しながら、親交から冷却化に向かった二人の友情の軌跡をたどりつつ、それと作品創造とのかかわりを丹念に論及している。

まず『農夫ジャイルズの冒険』とおなじ系譜に属する、小人物語の創作神話である『ホビットの冒険』においては、トールキンの神話や伝説にたどり着こうとする方向性と、それを内側から支える小説への傾斜、この矛盾した表現形式としての二重構造が問題化されている。この異なったテーマと異質のスタイルとの混在は、現代のフェアリー・テールの頂点に位置するとも称せられる、『指輪物語』のなかにも顕在化している要素であると著者は述べている。つまり、散文叙事詩の外面的で能動的な性格と、小説の内省的な性格とが併存しているというわけなのだ。

つづいて著者はトールキンの神話体系の根底をなす『シルマリルリオン』を取りあげ、トールキンの神話世界への包括的な文学的アプローチを試みている。神話体系の一部としてこの英雄散文叙事詩を書きながら、同時に現代性を獲得するために小説という形式を取り込むことで、強固な個人の手になる創作神話を完成させたトールキンの神話体系の終結点をこの作品のなかにみる著者は、あわせて彼の創造した固有名詞の言語機能とその象徴的な意味作用を考察している。

さて、四章からはルイスに叙述は集中するが、ここからはルイスの若年の伝記的事実を背景としたフェアリー・テール、『ナルニア国ものがたり』を手はじめに『沈黙の惑星を離れて』などのSF三部作、そして『愛はあまりにも若く』の文学的世界が、トールキンとの交友と影響という観点から検討に付されている。しかし、著者の認識によれば、善と悪との戦いのテーマを扱った『ナルニア国ものがたり』が出現するころから、二人の関係は冷却化の方向に変わったというのだ。「罪と償いの旅」をもっとも重要なモチーフとしたトールキンと、「転生への瞬間」を追いつづけたルイス。本書はこのような個性的な二人のファンタジー作家の邂逅から決別への過程を、具体的な作品との絡みで追求した貴重な労作となっている。


（「図書新聞」一九八五年五月四日号）

Paul Chilton & Crispin Aubrey (eds.), *Nineteen Eighty-Four in 1984*
(London: Comedia Publishing Group, 1983)

本書は一九八三年にロンドンで出版されたオーウェルの『一九八四年』をめぐる研究書である。編者はフリーランスのジャーナリストで作家のC・オーブリと、フランス文学と言語学の研究者であるP・チルトンで、オーウェルの現世への遺書ともいえるこの長編小説が投げかける様々な問題を解明するための、刺激的で示唆的な論文が十一編収められている。

それぞれの論文が志向する方向は微妙に異なってはいるが、一口でいえば、『一九八四年』という反ユートピア小説に描かれた全体主義国家のテクノロジーの問題を中心軸にして、小説世界が放出する未来図がどの程度まで、現代社会、とくにイギリス社会の現実を正確に反映しているかが問われている。この作品をめぐっては政治的・イデオロギー的な観点からのアプローチが多くなされているが、本書はそうではなく、仕事、余暇、環境、検閲、宣伝、知性、そして屈従などの諸要素に焦点を合わせることで、それと高度に発達した工業技術の関わりあいを浮き彫りにしている。換言するなら、人間を監視と疎外へと導く危険性のある、全体主義国家の管理装置としてのテクノロジーの問題点が洗い直されているわけなのである。

しかしながら、これはアメリカの精神生物学者で未来学者のデービッド・グッドマンが、『一九八四年』について行ったような、オーウェルの予言の的中率を測定する書ではなく、小冊ながら人間と抑圧装置としての国家との関係性を、根底から見すえようとする試みにみちた論文集となっている。たとえば、C・ロウバーは個性のないコンピュータによる情報処理の急速な発達の結果、人間を管理する装置として、コンピュータ技術のもつ潜在的な便利さと同時に、その裏に隠された危険性の増大を指摘している。これはP・ファシュマーの議論にも通底するものでもあるが、ともかく現代のエレクトロニックスの技術革新の目ざましさは、それ自体有用であることは間違いないが、もし使い方を誤れば、ビッグ・ブラザーの悪夢的世界を現出させることになると彼は警告している。

またP・モスとF・ルイスは今日のさらに巧妙になった制度との比較で、『一九八四年』に描かれた検閲と現実コントロールの粗雑な方法の意味を明らかにし、今日の情報伝達のテクノロジーの発展が、人間の欲望と現実感覚をコントロールする装置として機能する恐怖を指摘している。D・ウィジャリがポピュラー音楽のなかに、全体主義的な体制の抑圧から逃れる方途を見出していることは興味ぶかい。その他、多くのテクノロジーをめぐる論文のなかで、とくに示唆的なのはJ・テイラーとP・コリガンの論文である。

テイラーはオーウェルの女性、家族、男女の性別などの描き方に存在する矛盾に注目し、オーウェルもまた社会通念としての女性差別の偏見から自由でなかったことを明らかにしている。これは従来のオーウェル論には欠落しがちなフェミニズム・クリティシズム的な視点を導入した好論文である。

コリガンは『一九八四年』に描かれた社会モデルと現代社会の形態とのあいだに横たわる基本的な相違を指摘しつつ、オーウェルが予見できなかったのは今日的な、資本主義体制下の消費社会の発展だと結論づけている。

このように本書は、『一九八四年』の小説世界が提示するテクノロジーの意味をめぐって、多面的な角度から検討を加えているが、オーウェルの作品についての数多い研究書のなかでも、〈工業技術〉の問題におもに議論を集中している点で、きわめて異色の論文集となっている。八四年はオーウェルの予言の年にあたり、おびただしい数の記事や論文や書物が出版され、オーウェルの思想についても様々な解釈が氾濫し、かつてなかったような狂騒的なオーウェル・ブームが出現したが、とりわけ大事なことは祭りのあとの静けさのなかから、ソフト管理社会がひたひたと足元に忍び寄ってきていることを認識することであろう。

（「図書新聞」一九八五年五月一一日号）

バーナード・マンデヴィル、泉谷治訳『蜂の寓話―私悪すなわち公益』（法政大学出版局）

寓話とは、教訓あるいは風刺的な内容を、主として動物にかこつけて文学的に表出したものと言われる。ひらたく言えばたとえ話なのだが、その動物象徴に依拠する表現方法が成功するときには、思いがけぬ効果を発揮し、鮮やかな逆説をわれわれに提示する。バーナード・マンデヴィルの『蜂の寓話』もまた、表題が指し示しているように、この寓話という表現形式のもつ利点を十分に駆使して、逆説と皮肉の背後から読者にさまざまな教訓を伝授している。

ところで、本書の作者マンデヴィルは意外にも日本の読者にあまり知られていない。これは巻末の「あとがき」で訳者が的確に述べているように、彼についての伝記的な資料が不足していることに原因があるのだが、それはともあれ、マンデヴィルは文学史の流れのなかでは、十八世紀イギリスを代表する散文家のひとりと位置づけられている。

この十八世紀の思想史、経済史にも大きな足跡を残したマンデヴィルは、オランダのロッテルダムで生まれ、母国の大学で医学を修めたあと、ロンドンに渡り医者をやりながらそこに永住し、医業のかたわら文才を発揮した人物である。このような文学活動のなかから、彼の代表作である『蜂の寓話』が生まれたわけだが、しかし改訂され拡張された一七二三年の版は、皮肉なことに、世間から注目されると同時に非難されることにもなった。

以下は訳者が「あとがき」で細部にわたって紹介していることだが、たとえば出版されたと同じ年に、『蜂の寓話』はミドルセックス州の大陪審から不道徳だと告発されたばかりか、彼への非難と誹謗は十八世紀のあいだじゅう続いたと言われている。逆にいえば、それだけ本書のもつ寓意の破壊力が凄まじいことの証左であり、寓話の表現としてもすぐれていることを物語っている。

本書はこのように、蜂に擬人化された寓話を使って、当時の社会全般にわたる問題を皮肉を交えながら、縦横無尽に論じている。とにかくマンデヴィルの関心は多岐にわたり、たとえば本書の目次をあげるなら、緒言は風刺詩の「ブンブンうなる蜂の巣—悪者が正直者になる話—」であり、序文は彼の主張の眼目である「美徳の起源についての考察」と、抽象概念の用語の注釈。さらに付録的な「慈善と慈善学校についての議論」、「社会の本質についての考察」、そして「本書の弁明」から成っている。

これらの考察目的を設定したうえで、マンデヴィルは「性悪説」の観点から、「情念」に左右される人間の本性に潜むあらゆる悪徳、たとえば腐敗、堕落、虚栄、自己愛、安楽、奢侈などを暴き立ててゆくが、しかし、彼の主張はただ悪の暴露だけに終始するものではない。マンデヴィルはこのような悪徳に汚染された人間こそ、公益を生み出す原動力なのであるという認識を出発点に、強大で繁栄した立憲君主国を理想の国家と想定することで、国民を逆説的な言辞を使って、国民をいわば善導しようと試みているのである。

すなわち、当時の法律家や宗教家から誤解され、非難・中傷を浴びたけれども、マンデヴィルの主張の中心的な力点は、人間の本性を「性善説」的な観点から把握するのではなく、「いわゆるこの世で悪と呼ばれるものこそ、われわれを社会的な動物にしてくれる大原則」であるという点に存するからである。これがマンデヴィルが「蜂」という昆虫に仮託した真意なのである。

訳文は明快で達意の日本語である。イギリスを代表するスウィフトと同時代人でありながら、その風刺の苛烈さと真意を誤解されたために、長く時代と世人から等閑視されていた大部の本書が、適任の訳者をえて日本語に移されたことは喜ばしいかぎりである。ヒューム、ミル、ヴォルテールの思想的先駆者として、同じ訳者による下巻の翻訳が待たれる。

（「図書新聞」一九八五年一〇月一九日号）

V・S・ナイポール、安引宏・大工原彌太郎訳『インド・光と風』（人文書院）

本書は表題からも知られるように、イギリスの作家ナイポールのインド紀行記である。インドといえば、熱風、炎暑、猥雑さと混沌たるエネルギーに満ちあふれた神秘的な国を連想するが、この紀行記もまたそうしたインドのもつ不可思議な魅力を、作家の透徹した眼を通してあますところなく読者に伝えている。秩序を拒否し思考を分断しにかかってくるインドの諸都市を遍歴しながら、著者ナイポールは自分を呪縛していた神秘の核心を求めて、炎天と砂塵のなかをひたすら自己のアイデンティティ確認の旅をつづけるのである。

ところで、この紀行記の原書は一九六四年にロンドンで出版された一巻本であるが、そのうちの大部分を占める部分はすでに『インド・闇の領域』として日本語に翻訳されている。本書はしたがって原書の残りの部分の訳出ということになり、これで大部の原書の完訳がなされたことになる。それはともあれ、この紀行記のなかでナイポールが「ぼくはイギリス人でもなければインド人でもない―ぼくはどちらの栄光からも拒否された存在だった」と述べているように、著者の苛烈なインド体験の底を流れているのは、自己存在の切実な危機意識といえるであろう。

ヴィジャダール・スラジブラサッド（V・S）・ナイポールはイギリスに定住し、おもにイギリス人の読者を相手に著述活動をしている作家だが、もともとはイギリスの植民地支配下にあった西インド諸島、トリニダードで一九三二年に生まれた、インド系三世の作家である。イギリスではノーベル文学賞にもっとも近い作家として知られているが、その歴史的・民族的な背景が如実に示しているように、ナイポールはイギリス人的な思考とインド人の感性の断絶、言いかえるならば、〈西洋〉と〈東洋〉の狭間であやうく平衡を保たねばならない、いわば寸断された身体性をもつ作家なのである。

このようなナイポールの作家的な背景は、ポーランド生まれのイギリス作家、ジョウゼフ・コンラッドとの類縁性を想起させてくれる。事実、ナイポールはコンラッドの文学に深い関心を寄せ、コンラッドが『闇の奥』でコンゴ河を舞台にえらび、文明と人間の内奥に潜在する〈悪〉との関係を追求したように、ナイポールもまた邦訳のある『暗い河』のなかでコンゴ河を舞台にして、文明の状況を深い認識のもとに描いている。

さて、『インド・光と風』のなかのナイポールの旅は、混乱と紛糾のただなかにあるインドの民衆との接触から始まる。陽光が降りそそぎ埃が舞うなかを、旅情に浸るまもなく、「私」（＝ナイポール）は奇妙な恥の意識と疲労を感じながら、「二重に非現実的な都市」たるニューデリーの住宅街に宿を定める。そこの有閑マダムのこっけいな外国かぶれの様子や、長期不在の夫の帰宅とともに下宿を追い出される話などを通して、思考と言語とが分断されたナイポールは、最初からインドの不可解さを思い知らされることになる。

それから滞在することになるホテルでは、「紋切型を超越した」インド人の料理人、アジスの行動に翻弄され、しみじみ文化的な落差を感じさせられる。さらにさまざまな所で、インドの官僚制度の沈黙と遅延に悩まされ、それに苛立ちながらも、ナイポールの作家としての炯眼はそれらの背後にあるインドを確実に見抜いている。悪臭の町スリナガでは、鞭打ち行者の峻厳な姿に触発されて、宗教的熱狂について思いをめぐらしながら、〈聖〉と〈俗〉、禁欲と快楽が暴力的なまでに混在するインドでは、民族的な同類性などほとんど意味のないことを知る。

このようなインド社会に違和を感じながら、ナイポールはアルナート聖窟への巡礼に出発する。そこで彼のいだく感想は、「発端もなければ終末もなく、ほとんど宗教とすら呼べない」ヒンドゥー教のもつ奥深さであり、国民のいわば集合的な無意識を統合するシンボルとしてのヒンドゥー教の偉大さである。

ところで、この紀行記の圧巻はやはり「幻想とさまざまな遺跡」と題された第五章であろう。大英帝国の植民地で育ったナイポールの被支配者としての視座が、ここでは最も鮮烈になり、イギリスに対する複雑な感情の揺れが、記述されることになるからである。かつての植民地統治の名残りを色濃くとどめるインドの風物を眼にしながら、さらに同じくイギリスの統治下にあったトリニダードとの差異と同質を認識しながら、民族的優越感に支えられて「イギリス人らしさ」という神話と幻想を文学化した作家たち、キップリング、E・M・フォスター、ジェーン・オースティン、ディケンズ、モームなどの作品ばかりか、ナイポールは唐突にも日本文学の特質にも言及したりしている。結局のところ、ナイポールにとって、インドとは「報われることのない、際限のない苦痛」の国なのだ。かかる認識だけでも、本書は凡百の紀行記をはるかに凌駕している。

（「図書新聞」一九八五年一二月七日号）

奥田穣一『「ウォールデン――森の生活」についての一考察』（桐原書店）

ヘンリー・ディヴィット・ソローといえば、エマソンとならんでアメリカ文学の草創期を代表する文学者として知られている。社会思想家として奴隷制度に反対し、「市民の反抗」をその思想的基盤とする無抵抗主義は、インドのガンジーに深い影響を及ぼしたといわれるソローであるが、彼の思想的な営為の中核をなすものはやはりエマソンの「自然論」に触発された、その超絶主義にあると言わなければならない。勃興しつつあった近代資本主義文明を嫌悪し、ウォールデン湖畔に小屋を建て、自給自足と自然の推移を観照するという思索的な生活のなかから、文学的に昇華され結実したのが、ソローの代表作と謳われる『ウォールデン―森の生活』であった。

本書はこのようなアメリカ文学の代表的古典のひとつと称される『ウォールデン』を分析対象に選び、その作品に底流する重要なイメージに着目しつつ、作品構造の有機的な連関を解明しようと試みている。この意味で、本書の『ウォールデン』読解の批評的戦略は、前著の『ソーロウ文学における風土性』という、イメージの象徴性を手がかりにソーロウ文学に顕在化している、固有の自然観や季節感を扱った論究と通底している。さらにいえば、本書における主要な力点は著者が「はしがき」のなかで端的に述べているように、「私の知る限り批評家が見落としていると、あるいは、本格的に論じていないと思われる重要なイメージに注目」することで、作品の全体像あるいは有機的な統一点を見出そうとしていることである。

かかる分析的・批評的な認識を前提にして、著者は『ウォールデン』のなに顕現している重要なイメージとして、まず「冬眠状態」の「ヘビ」に注目する。欧米の批評家たちのすぐれた知見を援用したり、それに反駁を加えたりしながら著者は、イメージとして作品にあまねく存在する「冬眠状態」の「ヘビ」が、冬と死と眠りの隠喩ないしはイメージであることを指摘しつつ、なおかつ象徴的な意味のレヴェルにおいてはこの「ヘビ」の状態を克服し、「朝とエーテル」の状態に上昇することが、『ウォールデン』というサイクリックな作品を解読するための基本的な前提だと揚言している。

別言するなら、長く暗い冬、死と眠りを象徴する「冬眠状態」の「ヘビ」を克服して、最後には単調な四季のサイクル、輪廻の輪、つまり「静かな絶望の生活」を永遠に離脱し、「朝とエーテル（霊気・青空)」だけを仲間にして、空を舞う「タカ」にイメージ結合することで、作品のイメージ運動の円環は閉じられると主張するのである。とくに季節のサイクルないしは輪廻の輪をのがれた、再生したこの永遠の「タカ」は、『ウォールデン』の第十八章「結び」の終りで、「昆虫」がのがれる季節のサイクルと対応関係にあるという指摘は、欧米の批評家が等閑視していた関係の盲点をついた鋭い創見であろう。

なぜならば、このような「あざやかなイメージ」表現に仮託して、ソーロウが『ウォールデン』を通して読者に訴えようとしていることは、「冬眠状態」の「ヘビ」に象徴化された人間世界の「常識」、「習慣」、「因習的な日常生活」を離脱して、あの「朝とエーテル」のなかを、なにものにも囚われることなく、自由に大空を飛翔する「タカ」にほかならないからである。そして、このようなイメージの有機的な円環運動こそ、『ウォールデン』を貫通する思想の道筋であり、主要なテーマなのだと著者は結論づけている。

ところで、文学研究や作品分析の批評方法として、いわゆる「イメージ(シンボル)狩り」に狂騒することで、作品の全体像を定位しようとする試みは、恣意に流れやすい危険をたえず孕んでいる。しかし、欧米の研究資料をありがたがるあまり身も心もそれに呪縛されて、抜け殻のごとき研究論文を量産するよりも、本書のような臆説を恐れぬ豪胆さこそ必要に思えてならない。

(「図書新聞」一九八六年三月一日号)

W・L・ゲーリン他、日下洋右・青木健訳『文学批評入門』（彩流社）

近年、軽やかな消費社会と無節操なまでに欲望を刺激する文化のなかで、芸術の先導的な表現形式のひとつである小説の衰弱死が喧伝されている。そしてそれと連動する形で、「批評の時代」の到来が叫ばれ、「批評」の自律性への熱い期待が高まっている。既成の〈知〉のパラダイムがくずれ、支配的な批評方法の不在という混迷の時代にあって、健全なバランスのとれた文学批評の視点が求められている、というのは紛れもない事実であろう。

本書は訳者たちが「はしがき」で端的に述べているように、「初心者を対象とする英米文学批評の入門書の訳出」であるのだが、しかし本書に収められた多様性にとむ批評原理や批評方法は、狭く閉鎖的な文学研究という陰湿な領域を超出して、文学作品を解読するために体系的な知識を得たいと願うすべての人に、実践的な批評戦略のノウハウを啓示してくれることは間違いない。この意味で、本書は作品分析のための入門書であると同時に、応用面をも強調した有益な実践の書でもある。

このような基本的な認識を踏まえつつ、アメリカの大学の文学教師である著者たちは、文学作品を具体的に分析・解読するための五つの主要な批評方法を、まず読者に提示している。第一章では「伝統的批評方法」、第二章は「形式主義的批評方法」、第三章では「心理学的批評方法」、第四章では「神話的、原型的批評方法」、そして第五章では「表象的批評方法」と、それぞれにわたってその批評方法の特質と原理を、そしてその批評方法において主導的な役割を果たした思想家や批評家の理論を詳細に説明している。その他、第六章以下では原理と方法論の概説だけではあるが、そして近年、文学批評界を席巻しているイェール学派のディコンストラクション的批評方法は除外されているけれども、その他の批評方法のほとんどすべてが網羅されている。

それはたとえば、「アリストテレス的批評」（「シカゴ学派を含めて」）であり、「女権拡張論批評」（フェミニスト・クリティシズム）である。そして「ジャンル批評」、「観念的批評」「言語学的方法」、「現象学的方法（意識の批評）」、「修辞学的方法」、「社会学的方法（マルクス主義的批評）」、「出典研究および関連する批評方法（発生論的方法）」、「構造主義的方法」「文体論的方法」と、さながら批評の歴史という大河とその支流を一望のもとに見るかのごとき内容と体裁を整えている。

さらに、本書を他の類似書との差異を際立たせているのは、単なる方法論の呈示だけに終始するのではなく、あくまでもその批評原理や批評方法を実際に文学作品に応用し、分析し、解読しつつ、その批評方法の有効性と限界を示している点である。この目的を達成するために長編小説として、マーク・トウェインの『ハックルベリー・フィンの冒険』、短編小説としてホーソンの「若きグッドマン・ブラウン」、詩としてアンドルー・マーヴェルの「はにかむ恋人に」、劇としてシェイクスピアの『ハムレット』など、異なる四つのジャンルから上記の諸作が選定され、それぞれに五つの主要な批評方法を応用し、作品世界が内包する問題点を見事なまでに浮彫りにしている。ここには著者たちの、特定の文学作品に適用されるべき批評方法の選択は、あくまでも柔軟で折衷的でなければならない、という主張がこめられている。なぜなら、すべての批評方法は万能ではありえず、それぞれに限界があるからである。

それはともあれ、本書は文学作品の批評方法に自覚的になる上で、きわめて示唆的で有益な知識を提供している。ともすれば無自覚な印象批評に流れやすい文学研究の現状を考えるなら、本書の出版の意義は大であると言わなければならない。アメリカ留学時に大学院のクラスでテクストとして本書を使用した経験がある評者には、このような良書がなぜこれまで翻訳紹介されなかったのか不思議な気がするほど、達意の訳文を得た本書は刺激にとんでいる。

（「図書新聞」一九八六年七月五日号）

D・H・ロレンス、市川仁訳『王　冠』（文化書房博文社）

D・H・ロレンスの文学的営為の特質のひとつは、近代産業社会の到来とともに個に分断されたあげく、自我と肉体を喪失した現代人の心の病を告発し、呪縛された性（生命力）の解放を通して、人間性回復の可能性を探求したところにある。そこには文学という表現形式を駆使して、近代文明の悪に汚染されることのない、理想的な両性関係（性と恋愛）を再構築しようとするロレンスの、絶望的なまでの願望がこめられている。

ところで本書には、このようなロレンスの性（生）の哲学の一端を知ることができる二つの評論が収められている。そのひとつは第一次世界大戦のさなかに書かれた「王冠」（一九一五）と、「平安の本質」（一九一七）の二つである。いずれの評論も観念性と抽象性に彩られて、いまひとつ難解であるのだが、混沌たる自己の理念と理想をどうにか論理化し、体系化しようとするロレンスの熱い思いが伝わってくるほど、重要で示唆的なエッセイとなっている。

「王冠」というエッセイのなかでロレンスは、王冠（クラウン）をめぐるライオンと一角獣（ユニコン）の戦いに仮託して、現代人を毒している「漠とした気持ちや虚ろな欲望」を超克した地平に拓ける、精神と肉体の合一の境地、別言するなら、二者の対立と葛藤を止揚したところに存在する「調和的な融合」（新しい生の境地）の必要性を力説している。

ロレンスによれば、ライオン＝肉体・始原・闇、ユニコン＝精神・終極・光、そしてこの二者のうえに君臨するクラウン＝魂（肉体と精神の合一）という理想的な世界を実現するうえで、もっとも大事なことは均衡のとれた「二者相互の完璧な調和」なのであり、この戦いのバランスが崩れたところから排他的で唯一絶対的な、自尊や自己満足や利己主義が発現するという。言い換えるならば、この「不毛な生の概念」は「偽りの絶対」、「偽りの絶対的な私の自己」（自意識的自我の絶対）を意味することになる。なぜなら、「破壊も創造もそれ自体悪ではない。危険は、その両者を中性化してしまう利己主義への転落にある」からである。

ここには第一次世界大戦という利己主義を誘発した、現代文明へのロレンスの危機意識が伏在している。この腐敗し淀んだ文明を生の輝きで満たし、対立するものの上に「魂の不滅性」＝「王冠」を獲得することこそ、そして男女の恋愛における調和のとれた両性の結合こそ、ロレンスの「性（生）の哲学」の核心をなすものであった。

「平安の本質」では、虚無を克服し、新しい世界（心の平安）を成就するための方途が示されている。ロレンスの主張にならえば、「平安」とは、「魂の最奥の欲望が満たされた状態」にほかならない。ここでも既知の世界から、新しい未知なる生の世界に至るためには、「平安の流れ」＝「予測不可能な創造の衝動」に身をゆだねる必要性が説かれ、「光と徳」（輝かしい生の流れ）と、「腐敗と死」（泡立つ腐敗の流れ）との均衡を保つことの重要性が力説されている。なぜなら、「究極的には、生の欲望と死の欲望という二つの欲望があるだけだからである。そして、それを超越して全き存在となるのだ」。この「全一なる存在」を獲得するため媒体として、ロレンスは最後に「理解」という概念、つまり生の不毛を超出して死を「理解」（認識）する行為の重要性を指摘し、そこから調和のとれた生き生きとした〈生〉の躍動が始まると主張している。

ともあれ、「王冠」と「平安の本質」という二つのエッセイを通して、ロレンスは二項対立（矛盾）→止揚（昇華）→均衡（融合）→絶対（魂の不滅）という図式を提示している。このパラダイム化された理念はロレンスのいう恋愛の理想状態をも体現しているばかりか、『息子と恋人』や『虹』などの作品解読のために有益な視座を提供するはずである。この意味でも、難解な原文をすっきりとした日本語に訳出した、本書出版の意義は大きいと言わなければならない。

（「図書新聞」一九八六年一〇月二五日号）

山川鴻三『イギリス小説とヨーロッパ絵画』（研究社出版）

日本文学において野間宏の『暗い絵』の冒頭シーンが、ブリューゲルの絵に触発され、文学に形象化されたものだとは、よく知られた事実である。あるいは小川国夫がゴッホに憑かれ、評伝めいたものを書くなどという事例は、絵画と小説との影響関係をはしなくも物語っている。なぜなら、絵画は「空間芸術」、小説は「時間芸術」という表現形式と美的概念規定においてその相違は認められるものの、両者ともある意味で視覚に訴えるものであるという点で、不離不即の関係にあるともいえるからである。このように古来より、絵画と小説（詩）とはとくにその相互作用において密接不可分の関係にあり、作家なり詩人なりがある絵からインスピレーションをうけ、それを想像力の回路を経由させて、文学にまで昇華させるということはごく普通のことであるからだ。

ところで、このような絵画と小説との関係をイギリス・アメリカ文学の分野において論究したものとしては、評者の知るかぎり、まずジェフリー・メイヤーズの邦訳された『絵画と小説』を挙げなければならない。日本に眼を転じるなら、おもにイギリス近代小説と絵画との関係を中心に論じている櫻庭信之氏の『ホガース論考』（研究社）、それに『イギリスの小説と絵画』（大修館書店）など、その数はけっして多いとはいえない。この意味からすると、絵画と文学との影響関係の研究は、欧米においてもまだ端緒についたばかりであり、未踏の分野といわなければならない。

さて、このたび上梓された山川鴻三氏の本書もまた、絵画とイギリス小説との影響関係を扱っているという点で、先駆的な論考のひとつということができるであろう。著者はペイター、コウルリッジ、リード、アーノルド、T・S・エリオットなどを中心とする、文学批評理論の研究家としてつとに有名であるが、そのほかにも美術批評、ロレンス、モームなどに関する論究もあり、その守備範囲は多岐にわたっている。

それはさておき、山川氏の長年の研究成果たるイギリス文学に対する深い学識、その該博な知識を駆使して、世に問われたのが本書である。そこでは十九世紀以降のイギリス文学を代表する作家たち、ジョージ・エリオット、トマス・ハーディ、ヘンリー・ジェイムズ、E・M・フォスター、そしてサマセット・モームと五人のイギリス「写実主義小説家」たちが、絵画からいかに触発、インスピレーションをうけ、それを創作モチーフとして、文学に形象化していったのかを、あるときは伝記的事実を援用し、またあるときは傍証として原文を引用しつつ丹念に跡づけている。

とくに絵画については、その影響圏を四つの時代に限定している。つまり、ルネサンス、マニエリスム、バロック、ロココの四つの時代の画家たちが、これら五人の「写実主義小説家」たちの作品創造の秘密にいかなる影響力を行使したかが、検証されているのである。

たとえば、第一章では「エリオット、ハーディとオランダ絵画」という表題のもとに、エリオットの『アダム・ビード』とロイスタールとの関係、ハーディの『緑の木蔭』とレンブラントとの関係が精緻に論じられている。「ジェイムズ、モームとマニエリスム絵画」という第二章においては、ジェイムズの『鳩の翼』とブロンツィーノ、ヴェロネーゼとの関係とその影響がおもに検討されている。以下、第三章の「モームとロココ絵画」では、『クラドック夫人』とワトー、『お菓子とビール』とフラゴナールとの関係。そして第四章の「フォースターとルネサンス絵画」では、『天使も踏むを怖れるところ』とギルランダイオ、『見晴らしのある部屋』とレオナルド・ダ・ヴィンチとの関係がそれぞれ具体的に作品にそくして論及されている。

ジョージ・エリオットの場合、ドイツで幾度となく繰り返された美術館訪問の結果、オランダ派絵画からの〈光〉の発見へとつながり、それが実作として結晶化したのが、『アダム・ビード』であると指摘されている。そして、エリオットのオランダ派絵画にたいする称賛が、「オランダ派田園画」という副題をもつ、ハーディの『緑の木蔭』を生みだす契機になったという指摘は興味ぶかい。

他方、エリオットの絵画的写実手法の後継者、ジェイムズの『鳩の翼』のマッチャム邸の描写は、エリオットのワトー風描写をさらに発展させたものであることが検証されている。フォスターの二編の小説の場合、主人公のイタリアでの名画鑑賞が、その精神を純化し高揚する働きをする様が述べられている。そして、ゴーギャンをモデルにした『月と六ペンス』で知られるモームの場合、その主人公たちのロココ趣味への傾倒と、エル・グレコへの心酔ぶりが実証されている。このように、文学と絵画との関係は多様であり、論究には絵画にたいする深い眼識が要求されるのだが、本書はゆうにその条件を満たしている。

（「図書新聞」一九八七年一〇月一〇日号）

リチャード・リース、川成洋・並木慎一訳

『D・H・ロレンスとシモーヌ・ヴェーユ』（白馬書房）

D・H・ロレンスとシモーヌ・ヴェーユ。なんとも刺激的で意表をつく組み合わせではないか。ゴッホとゴーギャンの不幸な離反をあげるまでもなく、特異な卓抜した芸術的才能が、運命的なまでの邂逅と相互触発のるつぼのなかで火花をちらしながら、その魂を高揚させ、新たな芸術創造に向かうというのは、芸術史上みなれた風景である。たとえそれが敵視や離反でおわるにせよ、偉大な芸術的魂の交感がもたらす作用は、芸術史や文学史のうえに消しがたい痕跡を残すはずのものである。

周知のように、ロレンスもヴェーユも時代に屹立した特異な個性であった。貧しい炭鉱夫の子供として生まれ、恩師の妻フリーダとのスキャンダラスな駆け落ちのはてに、現代文明の悪を告発することで、〈性〉と〈自我〉と〈階級〉の問題を通して、肉体と人間性の回復をあくことなく追求したロレンス。一方、フランスの裕福な医師の家庭に生まれながら、肉体労働と知的労働とには差異はないという信念から、病弱な身体をおして女工となり、あまつさえスペイン戦争には義勇兵として参加したあげく、政治的幻滅を味わい、〈神〉に傾斜していったヴェーユ。ともに祖国離脱者として、鮮やかな光芒を放ちながら、世界を流浪したはてに他国に客死したその短い生涯。

本書の著者、リチャード・リースは、このような特異な個性をもった二人の「予言者的天才」の生の軌跡に焦点をあわせることで、その対照点と類似点を具体的に論究することを、主要な目的として設定している。この意味からすると、この作品はユニークな比較文学の研究書のように受けとられそうだが、そうではなくリースの興味の対象はあくまでも、「時代の良心」あるいは「精神的英雄」として、現代文明のはらむ不正と腐敗を弾劾しつづけたロレンスとヴェーユの、その類まれな生の燃焼のほうに向けられている。このことは原書に付された「勇敢な人びと」というタイトルからも知られることである。

要するにリースは、「われわれの時代の勇敢な人びとの代表」として、国籍を異にし、時代背景もわずかに異なる二人のきわだった才能をとりあげることで、時代ともっとももよく対峙したロレンスとヴェーユの全体像を、ある祈りをこめて浮き彫りにしようと試みているのである。なぜなら、ファシズムと戦争、ソヴィエト神話の解体という悪夢的な、「この二十世紀という煉獄めぐりの案内人」として、ロレンスとヴェーユほどの適任者はいないと著者は判断しているからである。

　この「現代の二人の英雄的人物」を比較検討するにあたって、リースは〈性〉と〈労働〉におもに視点をあわせることで、ロレンスとヴェーユの同時代性を明らかにしている。

　まず手始めにリースは、両者に共通する要素として「宗教的天才」の所在を指摘しながら、この二人が作品を通してであれ、実践的活動を通してであれ、勇敢に〈現実〉に「かかわる」種類の人間であったことを力説している。この〈現実〉参加の結果、「シモーヌ・ヴェーユがわれわれを強靭にするとすれば、ロレンスのほうはわれわれを励まし、鼓舞」してくれるからである。ついで両者に共通する要素として、リースは「文明」や「進歩の思想」、皮相的な「知性」や「我」（エゴイズム）、さらには「集団的思考」などを嫌悪する彼らが、その当然の帰結として「原始的なもの」、「野生」、「生命力」、「無私」、「善」、「本能」、「超自然」、「神秘」などに価値をおく方向に傾斜していった必然性を詳述している。

　とくに本書の前半部はおもにロレンス論になっているのだが、その『白孔雀』から『チャタレイ夫人の恋人』にいたる精緻な作品分析を通して、リースは、みずから「天性の聖人」と呼ぶロレンスの時代を超出した偉大さを称揚している。ヨーロッパ文明のもたらした人間の「根こぎ」状態に危機をいだき、「生命力あふれる壮大な神」や「物事の奥底にひそむ新鮮さ」を弁護するロレンスが、その思想の中核に「性の神性」をすえた理由がここでもまた、説得的に論述されている。

　他方、動乱のヨーロッパにあって、「注意力」の練成を重視し、終生、労働者と行動をともにした

「キリスト教的神秘主義者」、シモーヌ・ヴェーヌの場合、宗教意識においてはロレンスといささかの差異は認められるものの、その基本思想は「〈我〉を破壊することによってはじめて、われわれ自身の外にあるものの存在を十分に信じ、したがってそれを真に愛することができる」という言葉に体現されている。このことはまた、彼女をして他者（弱者）への愛と「不幸」への共感へと赴かせ、ロレンスと同様に金銭に代表される「物質主義」や「産業主義」に対する呪いへつながったことは当然のことでもあった。

スペイン戦争にみずからも義勇兵として参加し、オーウェルの文学上の「遺言執行人」といわれるリチャード・リース。その彼がロレンスとヴェーユという、「現実を愛した」この二人の「精神的英雄」の文学的達成と比類なき力業の底にみているものは、紛れもなく、物質主義に毒された現代人の「不幸」からの救いの可能性である。

（「図書新聞」一九八七年一一月一四日号）

篠田一士『二十世紀の十大小説』（新潮社）

今となれば古典的ともいえるサマセット・モームの『世界の十大小説』や、あるいはまたD・

H・ロレンスの名著『アメリカ古典文学研究』を例に出すまでもなく、文学のおびただしい名作・傑作のなかから一定の揺るぎない批評基準をもって、限定された数だけの作品を選出するという行為には、どことなく神業的な困難さがつきまとっている。なぜなら、いかに選定基準の客観性を強調しようとも、選定そのものが虚構としての客観性に依拠している以上、そこには不可避的に選者の文学的嗜好＝主観性がたくまずして混入してしまうからだ。たとえば本書のように、二十世紀世界文学の膨大な小説群のなかから十編の傑作を選出しようとする場合、その意図は気宇広大であっても、たえず他者からの恣意性という批判を背中に感じながら、ひたすら自己の文学経験だけを頼りに、主観と客観のあやうい狭間をアクロバティックに走り抜けざるをえなくなるからである。

篠田氏は言うまでもなくこのような難事は先刻承知のうえで、あえてその苦難に挑戦しているのである。この長編エッセイの発意について氏は、「自分の読書能力のかぎりをつくして、十篇の二十世紀小説の一級品をえらび、評論家としての賭け」をすることだと述べている。この意味からすると、本書はひとりの偉大な評論家の読書体験の変遷をつづった自叙伝といえなくもない。世界文学に造詣が深いことで知られる氏らしく、その卓抜な批評眼とグローバルな視野を駆使して選ばれた十編の長編小説は、近代小説の主流を形成してきたヨーロッパ文学に偏ることなく、公平な目配りの跡を反映して、ラテンアメリカ文学はいうにおよばず、中国文学や日本文学まで及んでいる。

さらに注目すべきは、今世紀の十大小説を決定するにあたって、氏が採用した基本的な批評戦略は、小説というひとつの文学形式の可能性を模索しつつ、未来に向けて新たな展望をきり拓いた実験性と斬新さにみちた小説におもに焦点があてられ、選定されていることである。別言するなら、「従来の短編本位の小説言語に逆らい、これを否定しながら、いかにしてロマネスクを可能にし、実現できるような、息の長い、ポリフォニックな小説言語をつくりだすか」ということに挺身した長編小説、とりわけその作品が内包する伝統的なヨーロッパ小説の流れから逸脱するところの、小説言語の変容とロマネクス性に注意が向けられている。

さて、このような基本的な批評基準をもとにして最初に選ばれているのが、だれにも異論のないプルーストの『失われた時を求めて』である。ところで、この大長編小説の斬新性として指摘されているのは、十八世紀以来の近代ヨーロッパ小説が営々として築きあげてきた風俗描写の集大成がみられること、さらには詩的イメージを縦横に駆使した、時間とロマネスクの形而上学、小説言語の二重化と内面化など、要するに風俗小説と内面小説のもつ二つの要素が変容をくり返しつつ混在している点に、この小説の独創性が存在しているのであり、これが二十世紀小説の新生面を開拓したのだと述べられている。

カフカの『城』においては「接近と離隔の二重性」を軸に、近代ヨーロッパ小説が伝統的に保持し、その効用を存分に発揮してきた「遠近法の喪失」が、小説としての革新性を保証していると指摘される。ドス・パソスの『U・S・A』の場合、「小説言語とノンフィクション言語が、おどろくほど表裏一体、変幻自在の作動」をしている点、フォークナーの『アブサロム、アブサロム!』では、アメリカ文学の際立った特異性としての、「抽象性、デタイユへの偏執、詩的レトリック頻用のロマンス」

を基調和音に使用しつつ、この小説をもってアメリカ小説が特殊なその地方性を自己克服したと語られるのである。さらにジョイスの『ユリシーズ』においては、まるで音楽小説のごとき変幻自在の「断章」の言語構成ゆえに、「近代ヨーロッパ小説を形づくってきた、古典以来のヨーロッパ文学伝来の叙事詩と詩劇、それぞれの言語の遺産」の非在と解体に作品としての革命性を求め、ムジールの『特性のない男』では、近代ヨーロッパの小説言語がたどり着いた精緻な内面化の極北の姿が揚言されている。

ラテンアメリカの文学からは、ボルヘスの『伝奇集』とガルシア＝マルケスの『百年の孤独』が選ばれている。『伝奇集』の場合、「磨きぬかれた散文によるロマネスクの宇宙」がさながら詩作品のごとく構築されている点、さらに『百年の孤独』では非ヨーロッパ小説的な想像力の自在な飛翔とそのカーニヴァル性がとりわけ力説されている。それ以外にも、中国文学からは茅盾の『子夜』が選ばれ、日本文学からは氏の文学的開眼となった島崎藤村の『夜明け前』である。いずれにせよ、その性格からして本書が、一般の文学愛好者にとって世界文学の恰好のガイドブックになることはまず間違いない。

（「図書新聞」一九八九年一月二一日号）

レスリー・フィードラー、佐伯彰一他訳

『アメリカ小説における愛と死』（新潮社）

われわれはテクストをまえにして、何を語ることができるのか。この苦渋と懐疑にみちた自問じたい、端なくも唯一絶対の批評理論の不在を示すものではなかろうか。アリストテレス、プラトンの昔から、文芸批評の方法論はかぎりない変容と変遷をくり返しながら、有効と失効のはざまでみずからの正当性を主張してきたように思われる。素朴な印象批評や伝記批評からはじまり、ニュークリティシズム、構造主義、さらには脱構築主義理論にいたるまでの批評理論の流れを歴史的に通観すると、われわれは改めてあらゆるテクスト分析に応用可能な、確固たる批評理論を構築することの難しさを感じてしまう。いかに精緻な分析理論を駆使しようと、テクストは分析の手を逃れて、われわれの意識のなかにやり切れない空漠感を残したまま、彼方へと遁走してしまうからである。

絶対的に正しい批評理論が存在しない以上、これは当然といえば当然の帰結なのだが、それにしても味気なさと無力感は残るのである。さらに悪いことに、高度資本主義下にある現在の日本においては、それなりに斬新な意匠をこらした批評理論が輸入されると、まるでファションか何かの商品のように消費されたあげく、次々と捨て去られているという事実がある。

このような文学の大量消費と脱活字文化のなかにあって、批評方法もその有効性をめぐって、それなりの苦戦を強いられているようにみえる。しかし、フィードラーのこの『アメリカ小説における愛と死』はその出版がいまからほぼ三十年まえの一九六〇年だが、多様な批評方法が氾濫している現在の混迷状態からみても、その洞察力にとんだ怜悧な批評眼はゆうに有効性をもちえているように思われるのだ。周知のように、フィードラーはユダヤ系の批評家であり、現代アメリカ批評界を代表する巨人のひとりである。このフィードラーの批評戦略をひとことで言えば、巻末の「解説」で訳者のひとりである佐伯彰一氏などが指摘しているように、「神話と原型」の批評であるととりあえずは要約することができる。

言い換えるなら、フィードラーの基本的な批評態度とは、文化人類学的、深層心理学的、伝記的などあらゆる知見を動員することによって、ある文学作品の意味を社会的文脈のなかで捕捉とようとする方法論、別言するなら、「コンテクスチュアルな読み」にあると言ってもいい。この意味からすると、フィードラーの批評方法とは古典的なものであり、ニュークリティシズムや構造主義などのような、作者や社会的文脈を切り捨てて、ひたすらテクスト分析のみに集中する批評方法とは対局にあることが分る。しかし、このフィードラーの批評方法は一見きわめて時代遅れのように見えながら、緻密なテクスト分析批評にありがちな息苦しさや偏狭さから自由であるだけ、本来的に批評のもっている醍醐味を味あわせてくれるところがある。

博覧強記で挑発的なフィードラーの本書における興味の方向は、ヨーロッパ文学の影響を受けて出発したアメリカ文学が、いかなる脱皮と変容をくり返しながら、あるいはいかなる原型的連関を保ちながら、その独自の特質を形成するに至ったのかを、個々の文学作品の分析・検討を通して跡づけることにあるといえる。その意味からすると、本書とは、通時的なアメリカ文学史構築の試みといえなくもない。

このアメリカ文学の通史を構築するにあたって、フィードラーは「愛と死」という刺激的な視座を導入しつつ、いまだヨーロッパの強い影響をうけていた初期作品から筆を起こして、現代作家にまで連綿とつづいているアメリカ的な文学要素を摘出しようとしている。

具体的にいうなら、フィードラーはアメリカ文学に通底する要素として、「ゴシック・ロマンス的恋愛」、「ホモセクシャルな男同士の関係」、奴隷制度と黒人の復讐を主題とする「ゴシック的恐怖」、さらには「近親相姦の主題」などの所在を明らかにしつつ、ヨーロッパ文学の嫡子ともいうべきアメリカ文学の発展、成長した姿を強引なまでに読者に印象づけようとしている。

論及の対象として採りあげられている作家は、創成期のブロックデン・ブラウンやクーパからはじまり、ポーとメルヴィルとトウェインを経て、ファークナーとヘミングウェイ、さらには現代作家のナボコフにまで言いおよんでいる。評者の興味にひきつけて述べるなら、トウェインの『ハックルベリー・フィンの冒険』の分析・批評の手並みはとりわけ鮮やかであり、教えられるところの多い論考となっている。まさにフィードラーの批評的腕力をつくづくと感じさせられる仕上がりとなっている。

最後になるが、本書とともにフィードラーの代表作である『終わりを待ちながら』、『消えゆくアメリカ人の帰還』も別巻として同時刊行されていることを付記しておきたい。

（「図書新聞」一九八九年八月五日号）

今村楯夫『ヘミングウェイと猫と女たち』（新潮社）

表題が示しているように、本書はひとことで言えば、「猫」と「女」というキーワードを中心軸に据えて、ヘミングウェイの生涯とその文学世界との関係を解読しようとする野心的な試みの書である。ある作家の文学世界を解明しようと試みるとき、われわれの前には多様な批評戦略が横たわっているが、しかしどの批評方法を選択しようとも、最終的には対象となる文学（作品）世界が、どれほど鮮やかに読者のまえに開示されるかにかかっている。この本の著者の場合、「ヘミングウェイのように自伝的色彩の濃い作家は作家の背景を知れば知るほど、作品の面白さが一層よく分るものである」というういわば伝記的批評の方法論のうえに立ち、ヘミングウェイの文学世界を縦横に論じているのだが、その意味では、著者の採用した批評戦略は成功しているといわなければならないだろう。

全体としてみると、本書は紀行文の体裁をとっている。冒頭部のキーウエストへの旅と結末部のケネディ図書館訪問が、さながら合わせ鏡のように、ヘミングウェイの文学世界を浮かびあがらせるのに効果的な働きをしているからである。そして、このプロローグとエピローグとの中間をしめる長大な部分が、ヘミングウェイにまつわる伝記的事実を基軸に据えながら、深層心理学、文化人類学、社会学、さらには原型批評、ジャンル批評、神話批評など、あらゆる知見を総動員してヘミングウェイの文学世界の解明のために費やされている。

本書の冒頭部は、ヘミングウェイがもっとも旺盛な創作活動を展開したフロリダ州、キーウエストへの旅から始まる。旧ヘミングウェイ邸には、猫好きだった作家がかつて飼っていた猫の子孫たちがたくさん住みついているのだが、そこでみた猫たちの無邪気な姿から、著者の連想はふくらみ、ヘミングウェイの文学世界のなかで猫がいかなる役割を果たしているのかへと、著者の文学的な関心は進んでゆく。かかる著者の文学的関心を支えているのは、猫＝女性性（フェミニティ）という認識にほかならない。

たとえば著者は、ヘミングウェイが離婚後十数年もたっているのに、最初の妻であった年上のハドレーに宛てた手紙のなかで、彼女のことを「子猫ちゃん」と呼んでいる事実に注目しつつ、そこに作家のセンチメンタリズムとハドレーへの尋常ならざる甘えを感知して、こう主張している。「確かにヘミングウェイにはハドレーに限らず、女性を猫のごとき愛玩の対象と見る傾向があった。それは男の眼を通して、女性の中にみるセンシュアリティであり、かつセクシュアリティでもある。（中略）そしてその女性性がヘミングウェイの文学における女性の一つの原型を作り上げているのである」、と。

ヘミングウェイがなぜ猫＝女性性とみるようになったかの理由の一端として、著者は伝記をたよりに作家の幼少年時の体験にまで遡及し、そこに欠落した「母なるもの」への憧憬を読みとる。ヘミングウェイが母親を憎悪し、その葬式にも駆けつけなかったというのは、よく知られた事実である。なぜなら彼は、生涯、父親の自殺の原因のひとつが、この強い母親にあったと信じて疑わなかったからである。その欠落を埋めるために、ヘミングウェイは猫的女性、言いかえるなら、母性的な温もりがあると同時に女性性の妖しい魅力をたたえた、美しいロマンティックな女性を作品のなかで形象化することになった、というのが著者の主張のおおまかな要点である。なぜなら、「ヘミングウェイの文学においては、概して威圧的な女性は敵視され、優しく従順で包容力のある女性が善女とされるのは、ヘミングウェイの内部に実在の母の影が尾を引き、アンチ・『母』とプロ・『母なるもの』に分裂していたからであろう」と述べられるからである。

その具体的な例として、著者は子猫のハドレー的な女性として、『武器よさらば』のキャサリン、『誰がために鐘は鳴る』のマリア、『河を渡って木立の中へ』のレナータ、遺作の『エデンの園』のヒロインなどの名前を上げている。さらにこれら「宿命の女」たちの原型として、「ニック・アダムズ物語」に登場する原始的な性の世界を象徴する、インディアンの少女トルーディの意味、さらに論を敷衍して「兵士の故郷」や『エデンの園』などに顕在化している、髪型を変えることで兄と一体化しようとする両性具有的な妹の存在、ヘミングウェイがそのフェティシズムのひとつの発現として女性の金髪や黒髪にこだわった理由、『武器よさらば』や『老人と海』などの作品にみられる「状況を異化する存在」としての猫の役割などが、技法と文体の両面から考察されている。

結論めかして述べるなら、本書はきわめて斬新な切り口をもった論究といえるだろう。しかし、論究といっても本書はけっして堅苦しい専門書の類ではなく、きわめて読みやすく書かれているので、ヘミングウェイの入門書としても読める。評者もかつてアニマル・イメージャリーの観点から、ジョウゼフ・コンラッドやオーウェルの作品における猫の役割について書いた経験があるので、教えられるところの多い書物であった。

（「図書新聞」一九九〇年五月五日号）

川崎寿彦『楽園のイングランド』（河出書房新社）

文学のみならず、あらゆる芸術作品の根底には、その作者が帰属する国家なり民族なりの意識の古層に横たわる、ある普遍的で祖型的なイメージやシンボルが隠されているようだ。ユングならそれを「集合的無意識」とでも呼ぶであろうが、その命名の当否は別にしても、創造的な芸術作品というものには普通、時代状況の制約や歪曲をうけながらも、一定して変わらぬ原型としての心象概念が伏在しているように思われる。

本書はイギリス文学の碩学、故川崎寿彦氏のいわば浩瀚なシリーズ物である、「庭のイングランド」

と「森のイングランド」との後につづく、未完の遺稿集である。未完の遺稿集でありながら、しかし、本書の論述はけっして断片的なものではなく、そこには豊かな学識に裏うちされた、一貫したテーマが存在している。たとえば本書は、大別して三つの章から構成され、それぞれに「島の楽園」、「庭の楽園」、「墓の楽園」という副題が付され、通時的な観点から個々の対象における、「楽園イメージ」の歴史的変遷が論及されている。

第一章ではおもに、ダン、マーヴェル、アーノルド、モリス、イェイツ、ウルフ、ロレンス、オーデン、ヘミングウェイなどの英米文学の諸作品に焦点があてられ、人類共通の祖型としての「楽園としての島のイメージ」、あるいは「島という概念心象」が、時代とともにどのように変質・変容してきたのかが、政治状況や社会的背景も織りこみながら説得的に論述されている。

第二章では洞窟、廃墟、庭園、あるいは「ティンターン僧院の風景」などを中心的なパラダイムとして、おもにイギリス人の意識内部における風景観の変容が論じられている。そして、「収縮する風景」という副題をもつ第三章においては、イギリス人が愛好した「温室」の意味などが、論考の主眼点として問い直されている。それにしても、同じ章に収められた「ロマン派以後の庭のイングランド」が、「エスキス」だけなのは惜しまれる。

（「北海道新聞」一九九一年四月二一日）

アニータ・ブルックナー、小野寺健訳『異国の秋』（晶文社）

人間とは何のために生きる存在なのか。恋愛や結婚を経て、子孫を残し、そしてただ死んでゆく存在なのか。これが人生の意味というものなのか。意識や感情をもつ社会的動物としての人間は、はるか古代よりこのような冷厳なる生物学的事実とは別の地平に、人種や民族や国境や言語に関係なく、人間の生に不可避的につきまとう宿命を意識しながらも、そこにある象徴的な意味づけを与えようと試みてきた。

つまり生物としての単純な生命維持活動を超出した次元に、あらためて人間が生きることの意味を求めてきたのである。言語表現を通してこのように生を意味づける行為はまた、古来より文学の普遍的・根底的なテーマのひとつでもあった。

ブルックナーのこの『異国の秋』を読みながら、私の頭にくり返し浮かんできたのは、人間が生きるとは何なのか、なぜ人間は生きようとするのか、そういう類の感想であった。小説の構造という観点からみても、この小説は実験性に富んでいるわけでもなく、あるいはまた奇抜な文学手法に彩られているわけでもなく、小説構造としてはむしろ伝統的なリアリズム小説のパターンを踏襲した作品なのだが、登場人物たちのごく平凡な日常生活のなかから、しみじみとした人生の哀歓が伝わってくるような小説に仕上がっている。

　異国であるイギリスで、安手のグリーティング・カード製造という共同事業をいとなむ老境にさしかかった二人の男。つまり楽観的で「生まれつき享楽主義者」のハートマンと、過去の悪夢をひきずる神経症的で悲観主義者のフィピッヒという、その性格がきわめて対照的な男の友情を中心軸として、その性格がまた夫に酷似しているイヴェットとクリンという、二人の妻たちが織りなすとりたてて波乱のない家庭生活の様相や、子供が自立したあと襲われる彼女たちの精神的な空白感、さらには夫それぞれの決して順風満帆とはいえぬ生の軌跡などが、回想という手法を通して、深い味わいのなかで淡々と描かれているからである。

　日本的な小説概念からすれば、この作品は心境小説の味わいをもつ三人称小説といえるのかも知れない。とりわけ不安神経症に苦しむ故郷喪失者のフィピッヒが、みずからの人生の総決算のつもりで、アメリカにいる息子トトに宛てた手紙のなかで、「ほんとうにいい人生だった」と述懐するラストシーンは、この小説の白眉といえる。


（「公明新聞」一九九二年一〇月五日）

アン・ビーティ、亀井よし子訳『ウィルの肖像』（草思社）

本書は短編小説の名手といわれるアン・ビーティの四作目の長編小説である。この小説においては、近代小説の「大きな物語」の失効を象徴するかのように、主人公の周辺で大時代的な波乱万丈の物語が展開されたり、変化にとんだドラマティックな事件が生起するわけではない。

そうではなく、物語の叙述はあくまでも個人の日常や内面に焦点があてられ、その稠密な細部描写を通じて、作中人物たちの心象風景が読者に明らかになる仕組みとなっている。この意味からすると、この小説は日常の「小さな物語」を中心に展開される、アメリカ現代小説を特徴づけるあの「ミニマリズム」の系譜に連なる作品であるといえないわけではない。

物語の主筋の流れは表題ともなっている五歳の少年ウィルと、彼の周辺にいる大人たちの心理描写と行動様態の叙述を中心に展開している。そして物語の進展とともに、主人公ウィルの内面の孤独と彼をとりまく身勝手な大人たちの過去と現在との自画像が、いかにもアメリカ的な家族風景のなかで読者のまえに呈示されている。

具体的にいえば、この小説の中心的構成は、離婚したあとの母親ジョディ、父親ウェイン、その子供ウィルそれぞれの過去と現在との日常生活にまつわる内面描写によって支えられているが、物語の焦眉はあくまでも父親に捨てられたあとの母子関係に置かれている。離婚後、母親のジョディは南部の小さな町で、「売れっ子の結婚式のカメラマン」として自活しながら、幼い子供のウィルとともに暮らしているのだが、写真家として名声を得るにしたがって、さらに母親に愛情あふれる新しい恋人メルが出現することによって、この母子家庭に微妙な変化が生じることになるのである。

離婚による実父の喪失と新たな継父の出現による子供への心理的影響。この小説が追及している主題のひとつはそのようなものであり、そして小説を底流する共通感情は大人の思惑に左右される子供の孤独、喪失感、疎外感などである。

ここには現代アメリカ社会がかかえる病根のひとつが描かれている。離婚率の上昇と再婚とによって、父親や母親から遺棄される子供たちの荒涼たる内面風景。

この小説が描いているのは、アメリカ社会の伝統的な家族像の崩壊であり、離婚と再婚に翻弄される子供の精神的外傷の深さであり、愛情を基軸として新たな家族関係をいかに構築してゆくかの問題である。訳文も、作者の繊細な感性を伝えていて、見事である。

（「公明新聞」一九九四年五月二日）

アレックス・ヘイリー、デイヴィッド・スティーヴンス、村上博基訳

『クイーン（上・下）』（新潮社）

アレックス・ヘイリーといえば、日本の読者にも大ベストセラー小説、『ルーツ』の作者として知られている。また同名のテレビドラマ・シリーズがアメリカで空前絶後の高視聴率をあげ、日本でも放映されて好評を博したことはまだ記憶にあたらしい。この『クイーン』という大長編小説は、一九九二年に逝去したそのヘイリーの遺作である。

大河小説『クイーン』は第一部の「血統」から始まり、第二部の「混血」、第三部の「クイーン」とつづき、第四部の「愛されし妻にして母」で大団円を迎えるという構成になっている。この小説では作者の物語戦略とルーツ（起源・家系）に対する異様なまでの執着心を反映してなのか、第一部の「血統」はイギリス軍によるカトリック国、アイルランドに対する侵略と抑圧の歴史から書き起こされている。

そしてこの第一部から第二部の「混血」にかけては、イギリスによる無慈悲なカトリック弾圧に反発し、貧しいアイルランド農民の大義に殉ずるために、若くして抵抗運動に身を投じた裕福なジェイムズ・ジャクソン二世が、投獄から釈放をへて新天地アメリカに移住し、そこで黒人奴隷を所有する

大農園主におさまり、アラバマ州の上院議長に登りつめるまでの成功物語が、アメリカの独立戦争や奴隷制度、あるいは白人によるインディアンの強制移住という激動の社会状況を背景にして描かれている。

このジャクソン一族の成功物語が暗転するのは、父親の二世が死んだあと息子のジャスが、ジャクソン三世を継承するときから始まる。黒人奴隷に同情的なジャスが白人の新妻ジニーを迎えながら、幼なじみの奴隷女イースターの肉体的魅力に負けて、クイーンという美しい「私生児の混血娘」の父親になってしまうからである。作者の叙述はこのクイーン誕生の第三部から終局にかけて、白黒混血であるゆえに白人からも黒人からも差別され、疎外されるクイーンの悲劇と苦難の物語に集中することになる。

奴隷制度廃止をめぐって戦われた南北戦争を小説の背景に取りこみながら、作者ヘイリーはみずからの母方のルーツをたどるこの小説の後半部において、「ほんの一滴でも黒い血の混じる者」を暴力的に排除しようとする南部の白人社会のなかで、歴史と運命、抑圧と暴力、差別と偏見に翻弄されながらも、ひとりの黒人女として解放後も懸命に生きぬいたみずからの祖母、クイーンに対して心からの鎮魂歌を捧げている。感動的な家系物語である。

（「公明新聞」一九九四年一〇月三一日）

飯野友幸『アメリカの現代詩　後衛詩学の系譜』（彩流社）

デイヴィッド・ロッジはかつて、文学史は様式の循環と反復であると述べたことがある。とりわけ現代文学史のなかには優位の交代図、つまりモダニズムとアンチモダニズムとの交代の規則性が存在していると述べたことがある。ある時代に隆盛をきわめた「前衛的」な文学様式が日常化・大衆化してくると、反対方向へのゆりもどしが起こり、伝統に根ざした形式としてはさらに単純化された、いわゆる「後衛的」な文学様式がその支配権を奪回するというのである。ロッジはこのことを言語学から借用した「前景化」と「異化」という言葉で説明しているが、かかる交代の規則性は詩の歴史においても例外ではあるまい。

本書はこのような文学様式の交代の規則性を視野のなかに入れつつ、とくに「後衛的」な戦後アメリカ詩の系譜をたどったものである。具体的には一九一〇年代に生まれた詩人たち、ないしは「六〇年代以降の革新的な詩の流れ」をゆりもどそうとした詩人たち、別言するなら「新しい後衛詩人」や「反モダニズムの詩人」に焦点をあてて、戦後アメリカ詩における「後衛的」な詩学の系譜をおもに論述したものである。そして終章では、自由詩に反逆して定型詩への回帰を目指した、「ニュー・フォーマリズム」の詩と詩論が紹介されている。

たとえば第一章においては、十九世紀のモダニストと二十年代のアッシュベリーやギンズバーグなどとの中間に位置する、いわゆる「悲劇の世代」の詩人たちが論じられている。その多くが精神病、失業、自殺などあまりにも詩人的な生涯を送った、ベリマン、ロウエル、シュワーツ、ジャレルなどの四人の詩業と、「後衛詩人」としてのその歴史的な意味づけが問い直されている。以下、マリアン・ムーアならびにランドール・ジャレルとドイツ・ルネッサンスの版画家、アルブレヒト・デューラーとの影響関係、ジャレルの詩的特徴である形式としての劇的独白、カール・シャピロの「機会詩」などにおける「後衛性」などが、実作を引用したり広い範囲におよぶ研究書を援用しつつ検証されている。

後半部では詩における「陳述」の必要性を重視し、ホイットマンの「草の葉」以降、アメリカを具現した長編詩の系譜につらなる『アメリカの説明』の作者、ロバート・ピンスキーの詩的営為、C・K・ウィリアムズの長い行の詩のもつ意味などが、詩史や史論という歴史的文脈のなかで分析・論及されている。さらには「詩の中で告白の声をいかに効果的に響かせるか、という共通の課題を分かち合っていた」、ロウエルとその後継者たるフランク・ピダートのいわゆる「告白詩」の内実も明らかにされている。

本書では、このように様々なアメリカの「後衛詩人」たちが論じられているが、その多くは日本の一般読者にはあまりなじみのない詩人たちである。著者も「あとがき」で述べているように、アメリカの詩といえばビート派や、パウンド、ウィリアムズ、エリオットなどのモダニストがすぐさま連想されるが、アメリカにはそれ以外にも多くの卓越した詩人がいること、それがまたアメリカ詩を肥沃にしていることも本書は教えてくれる。

（「図書新聞」一九九五年四月二二日号）

R・キップリング、斉藤兆史訳『少年キム』（晶文社）

キップリングといえば、『ジャングル・ブック』の作者として子供にも知られているが、じつは一九〇七年にイギリス人としては初めて、ノーベル賞を受賞した国民作家である。しかし、オーウェルが「ラドヤード・キップリング」論（『鯨の腹のなかで』所収）のなかで述べているように、作風の底を流れる残虐性やサディズムの傾向、あるいは道徳的な鈍感さや美的醜悪さのために、「キップリングは、五十年間にわたって嘲笑の的になってきたという特殊な立場」にいたのであり、知的な読者層にはおおむね軽視されてきたところがある作家なのである。端的にいえば、「白人の責務」を強調するあまり、大英帝国による植民地主義をあからさまに擁護したキップリングの、その「盲目的愛国主義」や「好戦的な帝国主義者」としての側面が批判され、それが彼の文学がある時期から読まれなくなった理由なのだ。

ところで、本書はキップリングの最高傑作といわれる長編小説、『キム』（一九〇一年）のはじめての完訳である。イギリス文学のなかで、インドを描いた最高の作品とも称されている。物語の大きな枠組みは、神話的・伝統的な「聖杯探求」物語、ないしは少年の冒険と成長に仮託した、未熟から成熟にいたる通過儀礼の物語という体裁をとっている。十九世紀末の英領インドを舞台として、アイルランド人軍曹と現地の子守り女とのあいだに生まれた欧亜混血の孤児キムが、「聖河」を求めて托鉢の旅をつづける老ラマ僧の弟子になり、みずからも亡父の予言した幸運をもたらす「緑野の赤牛」を探すため、「解脱を求める二人の求道者として」、ともに旅にでるのである。その途中、キムは英国連隊の神父に出くわし、紛れもない「英国人」として、学校に入れられ、スパイになる英才教育を受けることになる。やがてキムはスパイとして頭角をあらわし、老僧のほうは最終的に「聖河」を発見することで、この物語は閉じられている。

探求ロマンスや冒険譚の定石どおり、主人公キムはさまざまな試練や冒険のはてに、イギリス諜報機関の小さなスパイとして、このように「英国」と「白人」のなかに自己の存在を定位することで、十九世紀末のイギリスとロシアのスパイ合戦を背景とする、この壮大な物語は終わるのである。キップリング再評価とポストコロニアル批評の流れに沿って、予断をまじえずに冷静に読み直されるべき大作である。

（「公明新聞」一九九七年六月三〇日）

デイヴィッド・ロッジ、高儀進訳『恋愛療法』（白水社）

デイヴィッド・ロッジには二つの顔がある。ひとつは『交換教授』や『どこまで行けるか』などの作者として知られる小説家の顔である。もうひとつはイギリスの現代作家としては稀有なほど、批評理論に通じた文学批評家としての顔である。後者の仕事の達成として、『バフチン以後』や『小説の技巧』があることは、日本の読者にもよく知られている。しかし、ロッジの基本的な姿勢はアカデミックな、いかめしい文学理論家にあるのではなく、創作の実践活動のなかから副産物として批評を産出するという、あくまでも実作をその中心にすえているところにある。要するに、創作活動のなかで感じた疑問や矛盾を批評という形に再編成し、それをバネに趣向をこらした新たな小説を書くというのが、ロッジの基本姿勢なのである。

ところで、英連邦作家賞・ユーラシア部門優秀作品賞を受賞したこの『恋愛療法』にも、ロッジのそうした基本姿勢は貫かれている。この小説は大きく四部に分かれているが、それぞれに文学的な仕掛けが施され、いたるところにロッジの批評意識がにじみでている。小説の主人公は「禿げていて、ずんぐりとした体格」のロレンス・パスモア、タビーという愛称をもつ、テレビの台本作家として成功した五十八歳の男である。ドラマの成功で裕福になり、二人の子供も立派に自立したが、いつも「鋭いが漠然とした不安」にさいなまれている。そのうえ、原因のわからない膝の痛みにも悩まされていて、年中いろんなセラピー（療法）を受けているが、結果はかんばしくない。そんな不定愁訴のごとき心身状態にあるのに、脚本を担当する人気番組に難しい問題が発生するだけでなく、大学教員である妻のサリーからは離婚を突きつけられてしまうのだ。

こんな苦境のなかで、タビーはふとしたことからキルケゴールの著作に開眼し、やがては悲恋という悩みをかかえていた哲学者に自分をなぞらえて、聖地巡礼に出かけている少年時代の初恋の相手、モーリーンをスペインまで追いかけて行く。そこでさまざまな人生の試練を経たあげく、いまや中年女となった彼女と再会することによって、苦悩にみちたタビーの心は癒され、ついには離婚に同意することになるのである。日誌、告白、回想、周辺情報、視点の転換、電話などという意表をつく小説技法を駆使して、ロッジはこの小説のなかで中高年夫婦の離婚の危機と心の病をとおして、〈老い〉とはなにかをけっして深刻ぶることなく描ききっている。

（「公明新聞」一九九七年一二月八日）

マイクル・シェルダン、新庄哲夫訳

『人間ジョージ・オーウェル（上・下）』（河出書房新社）

オーウェルは遺言のなかで、自分の伝記だけは書かないでくれと要請していた。伝記や文人伝にまつわるいくつかの書評のなかで、作家の伝記とは隠された事実や、できれば秘匿してほしい微妙な個人的問題、ないしは不名誉なことまで書かなければ信用できないと、みずから公言していたからである。隠蔽や秘匿、歪曲やあらぬ配慮こそが、伝記の作品価値をそこなう元凶であり、作家の全体像を構築するうえで、妨げになると考えていたからである。たとえば、オーウェルはダリに関するエッセイのなかで、「自叙伝はなにか恥ずべきものを明るみに出したときにだけ信用できる」と書き残している。

しかし、運命とは皮肉なものである。死後、世界的人気作家の仲間入りをしたオーウェルの遺志とは関係なく、本人と親交のあった同時代作家や批評家、あるいは研究者などによってすでに、伝記・評伝・回想記などがかなり書かれてしまっているのである。邦訳のある伝記風のものだけを挙げても、ジョージ・ウドコック、奥山康治訳『オーウェルの全体像』（晶文社、一九七二年）、ピーター・スタンスキーとウィリアム・エイブラハムズ、淺川淳訳『作家以前のオーウェル』（中央大学出版部）、ピーター・ルイス、筒井正明・岡本昌雄訳『一九八四年への道』（平凡社、一九八三年）、バーナード・クリック、河合秀和訳『ジョージ・オーウェル―ひとつの生き方（上・下）』（岩波書店、一九八三年）などが出版されている。

これら四点のなかで、オーウェルの再婚相手であり、著作権管理人でもあったソニア夫人から、「オーウェルの未公刊、公刊の一切の著作から無制限に引用する権利を与えられた最初の伝記」と称する、ロンドン大学の政治学者クリックの筆になる伝記がこれまで、完成原稿にたいする未亡人の非難と不満にもかかわらず、オーウェルにまつわる「本格的伝記」として流通してきた。

しかし、このたび邦訳されたシェルダンの伝記は、おびただしい事実関係の検証を重視した結果、ともすれば非文学的な「退屈な語り口」に堕したクリックの伝記とは大いに異なり、自叙伝をよむ醍醐味を味あわせてくれる文人伝に仕上がっている。出版当初（原著出版、一九九一年）、新事実の発見や証言、私事の詮索や秘密の暴露などで、読者にスキャンダラスでセンセーショナルな衝撃をあたえた伝記だが、著者が「公認された伝記」という副題を付したことからも知られるように、オーウェルの伝記としては不動の地位を獲得することが予想される書物である。

シェルダンのこの伝記の特徴をひとことで言えば、オーウェルの「聖者伝説」の転倒、ないしはオーウェルの脱神話化をめざしたものと要約できる。いまや「聖者」に祭り上げられつつあるオーウェルではなく、あくまでも一人の人間としてのオーウェル、等身大で生身のオーウェル、その全体像をいかなる忌避も排除して読者に提示しようとしたのが、シェルダンのこの伝記なのだといえる。ここには著者がタブーから自由な戦後世代の研究者であり、しかもアメリカ人の伝記作家であるという利点が、いかんなく発揮されている。

また、シェルダンのこのオーウェル伝には、類書にはみられない新発見の事実がかなり含まれている。一例をあげれば、これまでの伝記ではビルマ時代のオーウェルは、無能で人気のない警察官であり、上司にいじめられて辺鄙な駐在所に配属されたというのが通説になっていたが、シェルダンは未発掘の資料を渉猟して、オーウェルはむしろ優秀な警察官であったことを明らかにしている。さらにはスペイン内戦当時、ＰＯＵＭのジョルジュ・コップと最初の妻であったアイリーンとのあいだに、不倫関係が存在したのではないかという指摘、ＢＢＣ時代や「トリビューン」紙時代のオーウェル自身の浮気など、興味ぶかい新たな事実も明らかにしている。二番目の妻であり、未亡人のソニアが悪く書かれすぎているきらいはあるが、本伝記が今後のオーウェル研究の第一級の原資料になることは疑いない。

（「図書新聞」一九九七年一二月一三日号）

アルンダティ・ロイ、工藤惺文訳『小さきものたちの神』（DHC）

極端な言い方をするなら、イギリス文学の主流はいま、非イギリス人によって担われているといっても過言ではない。イギリス文学の過去の歴史を遡れば、十八世紀以降、イギリスの国民文学は、アイルランド出身の作家、ないしは旧植民地出身の作家や亡命者という、非イギリス系の外国人によって養分を与えられ、活性化されてきたというのは歴史が証明しているところである。

近くは日系作家のカズオ・イシグロやインド系のサルマン・ラシュディがいる。今度、非イギリス系作家による英文学（英語文学）という大きな流れに新たに加わったのが、この『小さきものたちの神』によってブッカー賞を受賞した、三十七歳の超大型女性作家、アルンダティ・ロイである。ブッカー賞といえば、イギリスで最も権威のある文学賞だが、生粋のインド人が受賞したのは初めてのことである。

『小さきものたちの神』は、インドでは脚本家や映画監督としても知られているロイの処女作である。この傑作小説は発売されるや、世界各国で絶賛され、いまや四十万部ものベストセラーになっている。物語の舞台は彼女が生まれ育った、インド南西部のケララ州に設定されている。

この保守的で男性中心主義がみなぎる古いインド社会という風土性を背景にして、ロイはこの小説のなかで家族や愛、カースト制度やそれにまつわる喪失感などをリリカルに謳い上げている。カースト制度の呪縛のなかで、苦闘しながら成長してゆく双子の兄妹、エスタとラヘルの運命を物語の中心に据えつつ、ロイは歴史の歯車に翻弄される主人公たちの生の転変を鮮やかに描ききっている。

また、この小説を傑出したものにしているのは、作者のみずみずしい感性と詩的想像力にとんだイメージの清冽さである。たとえば、「静けさは、エスタの中にいったんやってくると、そのまま長くとどまり、ひろがっていく。頭から沼のような手をのばし、からだを包みこむ。原始の、胎児の鼓動のリズムへと彼をゆりうごかす」などの表現は、新人離れしたロイの才能の豊かさを実証している。小説はもう書かないと明言したロイだが、自作が待たれる世界的な大型新人である。

（「公明新聞」一九九八年八月一七日）

藤永　茂『「闇の奥」の奥―コンラッド／植民地主義／アフリカの重荷』（三交社）

藤永氏は二〇〇六年五月に新訳『闇の奥』（三交社）を上梓している。これは岩清水由美子氏の新訳（近代文芸社、二〇〇二年）に次ぐものだが、中野好夫氏の初訳（岩波文庫、一九五八年）から数えて、三冊目の『闇の奥』の翻訳ということになる。その『闇の奥』の訳注のなかで、藤永氏は「一九五〇年代の訳業が今もそのまま一般読者に提供されていることについては、出版社と現役の英文学専門家の怠慢が責められるべきであろう」と手厳しい批判をしている。これだけの批判をするのは、藤永氏が英文学の専門家ではなく、もともとは物理学の研究者であり、一九六八年からはカナダのアルバータ大学教授を務め、現在は同大名誉教授であるからだと考えられる。

本書は『闇の奥』の翻訳を刊行してから、時をおかずに出版されたものである。同氏は翻訳書のなかに作品と時代背景との関係に言及した、解説風の「訳者まえがき」と「訳者あとがき」を付しているが、本書はそれを拡大しさらに深化したものとなっている。副題に「コンラッド・植民地主義・アフリカの重荷」とあるように、本書の中心テーマは『闇の奥』という英文学の正典小説を、あらためて歴史的コンテクストのなかにおいて、文学テクストと植民地支配との共犯関係を問題化し、それを批判的に読み直しているところにある。著者は作品を背後から支えている歴史現実を踏まえながら、『闇の奥』にまつわる欧米の作品解釈の歴史のなかで、とかく隠蔽されがちだった事実にあえて光を当てることで、非西洋人の立場からコンラッドと『闇の奥』が体現している、大英帝国の支配的イデオロギーの代弁者的な声をあからさまに批判している。

著者の論及の出発点にあるのは、「この作品を帝国主義と植民地政策一般の悪と頽廃を剔出した古典的傑作だとするのは誤りであろう」という認識である。その認識の中心的な論点となっているのは、『闇の奥』に描かれている帝国主義的侵略、その悪辣非道な植民地支配に向けられたコンラッドの怒りと弾劾のなかに、果たして大英帝国が含まれているのかというものである。それを検証するために著者が主として動員しているのは、次のような歴史的な事実である。一つ目は狡猾なベルギー国王レオポルド二世が、アフリカ分割争奪時代のさなかに策略を弄して、いかにしてコンゴ河流域に広大な私有植民地を手に入れるに至ったのか、その歴史的経緯についての記述である。

二つ目はその「コンゴ自由国」において、象牙や生ゴムを採取するためにコンゴ先住民が奴隷化され、強制労働を強いられた結果として、数百万ともいわれる「人類史上最大級の大量虐殺」が生起した歴史的事実が明らかにされている。三つ目はその残虐非道なレオポルド二世打倒のために、糾弾の声をあげた先駆者たち、ワシントン・ウィリアムズ、コンラッドとも親交のあったロジャー・ケイスメント、ならびにE・D・モレルの反植民地支配の言論と実践活動の紹介のほか、大英帝国の植民地支配をめぐる彼らとコンラッドとの離反と変節などが検証されている。さらにコンラッドの大英帝国擁護の傍証として、オリーブ・シュライナーの小説と『闇の奥』との比較対照、アチェベのコンラッド批判、コンラッドの女性偏見、キップリングの「白人の重荷」の問題点、コッポラの『地獄の黙示録』完全版における、エンディングのあいまいさまでが俎上に載せられている。

このような傍証や歴史的史料を丹念に積み重ねた上で、著者は結論として『闇の奥』という正典小説は、「暗黒大陸アフリカの神話を極端なまでに強調した小説」であり、「アフリカ大陸の原始性と先住民の野蛮性が、小説では、現実離れして強調され、書き換えられている」と主張している。そして著者は、ここにベルギーを文明度の低い小国とみなしていた、「コンラッドの大英帝国偏向、ヨーロッパ偏向の思想傾向」をみている。同じような問題意識を共有する者として、著者のこの大胆な結論には否定しがたい魅力がある。新歴史主義とポストコロニアル批評に依拠する快著であり、あらためて日本人が英文学を研究する意味を考えさせてくれる一書である。

（「英語青年」二〇〇七年四月号）

II 日本文学

加藤幸子『翡翠色のメッセージ』（新潮社）

中国大陸を舞台にして、民族を超えた少年と少女のさわやかな心の触れ合いを描いて、芥川賞を受賞したのが加藤氏の『夢の壁』であった。これはその著者の受賞第一作の『翡翠色のメッセージ』を表題作とする短編集である。ここには『文芸生活』などの同人誌に発表した作品も収められているが、それぞれの文学的完成度は高く、ひとつの普遍的なテーマで貫かれている。

それは主人公が示す現実社会への神経症的な異和である。おもに少女の揺れ動く不安定な心象を通して、平穏な家庭生活のなかに潜む家族の断絶と葛藤を軸に、殺伐とした今日的な人間関係の不毛性が呈示されている。そして、作品を基調和音のように支配しているのは埋立地の荒涼たる風景であり、著者の慈悲あふれる鳥や小動物への偏愛である。

たとえば「飛行」という作品では、女子中学生アキの視点から、現代の日本社会の親子の断絶と虚妄が描かれている。物語の筋は単純で、郊外の海岸団地に住む母子家庭のアキが、同じ団地に住む同級生のトルとナムを誘って、「三泊四日」の家出を敢行する話である。彼らは中流家庭のごくありふれた中学生であるが、大人によって強制され管理された日常に反発して、自分たちの自由な時間と空間を取り戻すために、鷺の群棲する森に逃げ出すのだ。そして、とくに戦争を待望するナムが、モデルガンで森の鷺を撃つ真似をして、「ハヤセ中尉！　二名やっつけました」と叫ぶとき、社会の病根の深さと中学生をとり巻く閉塞状況があらわになってくる。

このような閉塞状況は「ミリアムの王国」の花輪ユキにも共通する要素となっている。彼女は高層団地に住む女子高校生であるが、やはり孤独で砂を噛むような味けない生活を送っている。家庭内に漠然とした不協和音が流れているので、彼女にとって家庭とは「衛生管理の行きとどいた豚小屋」にしかすぎないのだ。そんな彼女の孤独を癒してくれるのは、埋立地にいる野ねずみである。だが、そのミリアムとの精神的な交流も開発で埋立地が焼き払われるとき、破壊される運命となるのである。だから彼女もまた、アキと同じように、家出を決意しなければならなくなるのだ。

「翡翠色のメッセージ」のミドリは登校拒否児である。彼女は日常の息苦しさを感じながら、ひたすら自己の内面との対話に没頭している。離婚した母親はただ娘に気をつかうばかりで、家庭内には真の親子の対話は存在していない。ミドリの唯一の救いは幻視のなかに現われる〈青い鳥〉であり、それはミドリの自閉からの脱出の夢を乗せて、彼女の想像力のなかで飛翔するのである。

「鳥たちの後に……」の亜弓は銀行員の夫と幸福そうな家庭を営みながら、心のなかには寒々とした風景が広がっている。彼女のそのような現実との異和を埋めてくれるのは、埋立地の水鳥の集まる池である。ところが、その野鳥の楽園が埋めたてられ、市立病院が建設されることになる。彼女は元漁師の源さんらと反対運動に立ち上がるのだが、妊娠している彼女の情熱を支えているのは、不快な現実を拒否するのではなく、生あるものへの慈しみである。

　これらの作品を通して、作者は現代社会の病んだ部分を読者に提示しようと試みている。水晶のような切れ味の鋭い文体でつづられた本作品は、その意味では『夢の壁』とは異なる作者の資質を示唆していて、それだけ興味ぶかい小説集となっている。


（「図書新聞」一九八三年九月一〇日号）

林　京子『三界の家』（新潮社）

　本書はここ数年間にわたって、著者が文芸雑誌に発表した短編を集めた作品集である。ここには川端康成賞を受賞した「三界の家」も収められているが、ほとんど連作集と呼べるほど共通のテーマ、共通のモチーフで貫かれている。孤独な女の過剰な生理意識を媒介にして、十四歳の夏から被爆者であった「私」の死生観が、基調和音となって全編に流れているからである。主人公の中年女性である「私」は、過去の重苦しい生活体験を引きずりながら、醒めた眼で世間のことがらを観察しているのだが、その眼はたえず日常というものの背後に潜む〈死〉を凝視している。

　たとえば、最初の収録作品「谷間の家」は、高速道路建設で立ちのきを迫られるという、変哲もない話が物語の中心になっている。しかし、この「事件」に触発された「私」の意識は、終戦直前の上海からの引き揚げ体験にまで遡行し、国家というものの横暴さを浮き彫りにしてゆく。そして、この国家の庶民をふみにじる暴力が、高速道路建設による自然破壊と一体のものであるという作家の認識を軸に、おなじ引き揚げ体験者であり、おなじく立ちのきを要求されている「夫人」の言葉、「引き揚げといい立ち退きといい、二度も三度も、お国のためにまる裸の犠牲は、もう沢山でございます」という国家への静かな抗議の言葉と共鳴しあって、この短編を切実なものにしている。

次の「父のいる谷」という短編は、テーマ的に前作の延長線上にある作品で、高速道路建設によって解体される自分の家を「私」が見届ける話である。さまざまな思いが染みこんだ自宅が解体される現場に立会いながら、「私」の意識はそこから遊離し、戦後の両親のぎくしゃくした関係、父の死、夫との離婚などが回想され、人間の生死の問題が重要なテーマとして浮かびあがってくる。

この〈死〉への憑依は「家」という作品では、父親の癌死とあいまって、この作品を印象深いものにしている。病床にある父親にたいする母親の冷淡な態度が、「私」の精神の葛藤を生みだし、「私」は戦後の財閥解体で失職し、腑抜けのようになって戦後を生き、そして死んでいった父親の姿に思いをめぐらす。父親のこの空虚な死から、納骨に至るまでの過程が描かれているのが、「煙」という作品である。ここでは戦後を仮の棲家として生きた父親の死が、母親と娘の心のなかにまき起こした波紋が、「私」の父親にたいする愛憎いりまじった、アンビヴァレントな視点から叙述されている。

「無事」という短編では、婦人雑誌の依頼で広島を訪れた「私」が、女学校時代の恩師M先生の工場日記を手がかりに、被爆という過去の事実を風化させることを拒否して、心のなかでその意味を再吟味することが中心となっている。「釈明」という作品でも、長崎の女学校の同期会に出席したのを契機に、「私」はかつての被爆体験の意味をあらためて問いなおそうとする。「雨名月」は前作までの作品とは少し趣が異なり、今はおたがい中年女となった友人と、京都で襖絵をみる話だが、どことなく「生む機能」を終えた女たちの、孤独と哀愁が伝わってくるような佳作だ。

さらにこの作品集の表題ともなっている「三界の家」は、引き揚げ、被爆体験、離婚、そして死というこの作家ならではのテーマが、すべて含まれた秀作といえる。ストーリーの中心は、駅のロッカルームを想起させるような、コンクリートの納骨堂に納められた父親の墓まいりをする話であるが、なんとなく背筋の寒くなるような簡便化され、脱神話化されたいかにも今日的な〈死〉を暗示して、不気味な作品となっている。作者はここで単なる〈モノ〉としての父親の死と、「子供を残す機能」を失った中年女の「私」を対比させ、どこにも安住の場所のない魂のための、探しても得られぬ神話的な理想郷を復活させようと試みている。ここには〈モノ〉にとり憑かれ、〈魂〉をどこかに置き忘れてきた、戦後の日本人の索漠とした風景が広がっている。

（「図書新聞」一九八四年二月二一日）

木崎さと子『青　桐』（文藝春秋）

この短編小説集には、今期の芥川賞受賞作品となった「青桐」と、「白い原」の二編が収められている。これら二つの作品に通底するテーマとなっているのは、孤独な魂をかかえた中年女性の微妙に屈折した精神の葛藤を基調和音にして、「滅びてゆく肉体と蘇えるこころの交叉する様」が、作者ならではの倫理性の濃い宗教的な死生観となって顕在化している点に求められる。

北陸のじめじめした、きわめて日本的な農村社会を舞台に、主人公たる充江の〈仮死〉から〈再生〉にいたる精神の軌跡が、血族のいわば象徴的人物である叔母の乳癌死をめぐって描かれているのが、本作品集と同題の「青桐」である。充江は幼児期の事故で顔に火傷の痕と左瞼のひきつれが残る、三十代の未婚の女性だが、この容貌コンプレックスのために独身を通し、陰湿で閉鎖的な村社会とは没交渉で暮らしている。

しかし、その充江の単調な日常にやがて変化が起こる。両親を肺結核で亡くした幼い充江と兄の浩平を、引き取って育ててくれた叔母が、とつぜん胸部に進行性の腫瘍をかかえたまま、いわば死に場所を求めて里帰りするからである。叔母は定年前に高校の音楽教師を退職した、快活でモダンな近代的な女性であるが、独自の死生観から自分が死病にとり憑かれていることを知りながら、「自分で病をいたわる自由」を行使して、まさに死の瀬戸際まで医者に診察を仰ぐことを拒否する。

この叔母のかたくなな態度を作者は〈生命〉を慈しむ反映であると説明しているように思われるが、医学的な見地からすれば現実離れしていて、いささかリアリティに欠けると言わなければならない。しかし、作者の意図の一端が、スーザン・ソンタグ流に隠すべき病気、あるいは死にいたる病としての〈癌〉の脱神話化にあるのなら、叔母のロマンティックな死の美化は、それなりに彼女の性格描写と一致していて十分に説得的である。

ともあれ、土地と地縁に縛られた充江は、西洋医学を拒否し、「腐汁の臭いをたてて崩れてゆく自分の肉体と共棲」している叔母を、愛憎の交錯する複雑な感情の揺れ動きのなかで受け入れ、看病する。この充江の矛盾した気持ちの底には、自分の火傷の原因を作ったのは叔母ではないかという疑念を超えた、ある不可解な一体感、悪性腫瘍をかかえて死を待つばかりの女と、火傷の痕に苦しむ女同士がともにあわせ持つ、心のかげりへの共感をはらんだ認識がある。

そして、史郎の妻の梨香やアメリカ帰りの晴子が体現する〈都市〉、あるいは〈洗練〉の侵略に抗いながら、充江は叔母の「野蛮な死」とともに精神の〈仮死〉状態を脱して、自立した大人の女として〈再生〉しつつ、火傷の痕を手術する決意を固めるのだ。ここには心の闇の呪縛から解き放たれて、〈生命〉を象徴する表題の青桐のように、自立してたくましく生きてゆくことになる充江にたいする、救済の暗示が隠されている。

「白い原」の主人公は高校でドイツ語の非常勤講師をしている中年女性だが、ここにも精神的な〈仮死〉状態から〈再生〉にいたる、宗教的な救済の暗示が伏在している。夫のドイツ留学に同行するため、中絶手術で子供を二度まで堕胎した「私」は、心の奥底で罪の意識を感じながら、中学生のとき家庭教師をしてやったことがある、かつては登校拒否児であった千花に連れられて、ある新興宗教の集まりに参加する。そこで「私」は更年期障害のノイローゼから自殺した母親のためにショック状態に陥りながら、千花に好意を寄せる陰気でどことなく不気味な秀才青年に出会う。千花はその青年を嫌っているのだが、大日様と呼ばれる教祖の御託宣で二人は結ばれることになる。

全編を通じて作者は、社会的な威信を保つことに腐心する人たちの迷妄に、棘のある皮肉と冷ややかな不信の眼を向けている。ここには歯切れのよい筆力に乗せた作者、木崎氏の確かな眼力と豊かな才能がほとばしり出ている。

（「図書新聞」一九八五年四月二〇日号）

中村真一郎『続・小説構想への試み』（書肆　風の薔薇）

中村真一郎氏といえば、日本の現代文学者のなかでも、ひときわ小説の方法意識に鋭敏な作家として知られている。このたび上梓された自著『四季』の構想をめぐる本書のなかでも、氏は一編の小説が作家の意識と想像力を経由することで、ひとつの文学作品として結実し定位するまでの過程を、詳細に読者のまえに明らかにしている。

日本の小説家はおおむね私小説の伝統もあってか、方法論に無自覚であったが、早い時期から西欧文学の小説概念や構成や形式を、日本文学に移植することを志向してきた中村氏の努力は、ライフワークとも呼べるほどの連作長編小説『四季』の完成によって、湿潤な日本文学の土壌にその方法意識の見事な開花をもたらしたと言わなければならない。

ところで、小説家といえばそれぞれ創作のための独自の秘密の小箱を持っているものだが、自分の作品が読者＝消費者の手に渡って消費されると、生産者たる作者は一般の商品とおなじように、その製造過程を開示することはせず、ただその出来具合を味わってもらうのが通例であって、製品の善し悪しは批評家や読者の判断にゆだねるのが普通である。

ところが、中村氏は作者—作品—（批評家）—読者の伝統的な関係性のなかに自作への「自註」という形で参入し、鋭利な批評眼に支えられた批評家さながらに、客観的な視点から製造のプロセスのなかで、いかに当初の計画と完成品のあいだに差異が生じたかを、西欧文学にまつわる該博な知識を駆使して分析し反省している。

本書では『四季』四連作のうち、『秋』と『冬』が「自註」の対象になっていると同時に、物語が動き始めるとともに、緻密な計算にもとづいて構想したはずの登場人物がそれぞれ、作者の手を離れて勝手にひとり歩きする様が、現場からの報告のようにヴィヴィドに伝わってきて興味深い。

創作ノートへの覚書ともいうべき本書の構成は、大きく「上段」と「下段」に分かれている。「上段」にはおもに小説のセクションごとの着想、人物、構成、背景、作品年譜、そして細分化された展開（挿話、主筋、副筋、人物研究）などが記され、「下段」にはこのような構想と実際に産出された完成作品との微妙なズレにたいする、反省的なコメントが付されている。つまり、最初の構想のなかで完成稿で実現されたものと、実現されなかったものとの落差を浮かび上がらせることで、作家の意識と無意識のあわいという未分の領域から湧出する、ある捉えがたい芸術衝動の試行錯誤の跡を読者にみせてくれるのである。

たとえば、「推敲」の章での「最初の書き出しの部分は、なだらかな随筆的な調子ではじめてしまったため、それが後の小説的文体との調和に苦しんでいる」などという、作者の反省の弁は如実にそれを物語っている。末尾には詳細至便な作品の「人物表」や「事件年表」が付いている。このように本書は、小説の製作現場の舞台裏を知らせてくれて、貴重なものとなっている。

（「図書新聞」一九八五年八月三日号）

丸山健二『踊る銀河の夜』（文藝春秋）

丸山健二は非情と渇仰の作家である。さながら鷹を想わせるように眼光鋭く、孤絶した高みから下界の事象と人間を、奇妙な熱っぽさをたたえながら俯瞰する。その静止した乾いた文学空間のなかで、主人公たちは何かに苛立ち、過剰な生をもてあまして、暴力的なまでに肉体を酷使しつつ、生の蕩尽のはてに呪縛された自己存在の復権を祈念する。地方都市であれ、辺境の孤島であれ、丸山の描く主人公たちは芥川賞受賞作の『夏の流れ』から、近作の『雷神　翔ぶ』まで一貫して、現状と自己にたいする不満から焦燥に駆られたあげく、閉塞状況を打破して生の証を求めようとするが果たせず、結局のところ自己破壊にいたるという行動の奇跡をたどるのが通例となっている。

ところで、このような丸山の文学を特徴づける主人公の行動パターンは、本作品集に収められている短編にも色濃く投影されている。たとえば、「毘沙門天ふたたび」では、南海の孤島のけだるい日常生活を背景にして、観光客相手に魚の干物を売る若者の、島からの脱出願望を基底にした、生の不満と孤独が描かれている。

主人公の「ぼく」は高校を卒業後、ずるずると島に居残った若者なのだが、みずからの生にたいして凶暴な怒りをかかえたまま、島という狭い地域共同体のうとましい人間関係を避けて、ひたすら自己の内面に自閉している。南国の炎熱に焼かれながら、自意識ばかりが空転するばかりで、「ぼく」の内奥に沈潜した生のエネルギーは脱出口を求めて、激しく奔流をくり返すばかりなのだ。

しかし、若者のこのような生の倦怠にやがて転機が訪れるときがくるのである。長らく不在だった腹ちがいの兄が父親の葬式のために、ある夜ふいに来島するからである。「ぼく」はそれまでの惰眠を破られ興奮するが、兄はヤクザに変身していて、小指がないばかりか、背中には色鮮やかな毘沙門天の刺青を彫っている。

「ぼく」は逞しいこの兄に衝撃をうけ、兄のように男らしい充実した生を生きることを願い、いつか〈島抜け〉を実行することを夢想するが、その夢想は三年後の兄の帰郷によって幻滅に変わってしまう。兄は極道者らしいかつての精彩を失い、うらぶれてすっかり普通の男に堕落してしまっているからである。「ぼく」は崇拝の対象を失ってさらに苛立ちをつのらせ、死んだような島の生活にふたたび浸かりながら、元中学校長の父親の死を回想することになるのだ。「凪のようにつかみどころのない」父親は、主人公にとって軽蔑と憎悪の対象でしかなかったのだが、それがギラギラした輝きを失った兄の姿とかさなり、隠遁者のように「生を降りた者」として、二人の血縁の類似性があらわになるのである。

「毘沙門天ふたたび」の主人公の若者は、味気ない日常の倦怠に反発して、生を燃焼させるために「特別の生き方」を希求するが、表題作「踊る銀河の夜」の主人公たる中学教師もまた、孤島の炎熱にじりじり焼かれるだけの、平凡な生き方を拒否しようとする。物語の核心はかつて普通の左翼活動家であった「私」が、砂を噛むような単調きわまりない日常に苛立ち、暴走したテロリストとして、若い黒人兵と白人兵を射殺することにある。「私」が射殺する米兵は新型巡洋艦の乗組員であり、島にそのころ大型戦艦のための新軍港建設が予定され、反対運動も組織されている。ところが、主人公の「私」だけでなく、銀河という名前のレストランとディスコを兼用する店の老練な支配人、それに公立病院に勤める主人公の愛人である看護婦の三人は、軍港建設によって島が商業主義に汚染され、腐敗することをことさら恐れて、過激なテロリズムという手段に訴えてしまうのである。

「私」はテロを実行したあと、警察に逮捕される恐怖と不安におののく生活を送ることになる。そのあいだに副次的な挿話として、「私」と看護婦との情事の現場を発見した主人公の妻が、秘密の逢引の場所である「蟹の小屋」に火をつけ、みずから焼身自殺をとげるという劇的なシーンが点描されたりもする。このような悲劇がもたらす人間関係の崩壊の予兆のなかで、テロリストとして生の燃焼をはたしたはずの「私」は、次のように呟くのだ。「私は欲張りすぎた。多くを望みすぎた。世間並みの幸福のほかに、それをはるかに上回る充足と刺激を手に入れようとした」、と。

さて、本作品集に収められた最後の短編「舟で海に下る者」では、神話的な生と死のシンボリズムを駆使して、島に移住した小説家の日常が描かれている。ここでもやはり物語の力点は、日常性に抑圧された生の輝きと燃焼におかれている。執筆と散歩という平穏な作家の日常への異物の侵入という構図のなかで、高性能の外国製のバイクに乗る少年の横死、巨大な野鯉を釣りあげる話、そして島の長老の死と再生を想起させる全快祝いなどの挿話が、小説家の心に微かな波紋を広げてゆくさまが暗示的に描かれている。

丸山健二はこの作品集を通して、生の燃焼の背後にひかえる死を、冷徹な眼で凝視している。閉鎖的な地域社会における生の閉塞に苛立ち、倦怠に呪縛された日常から自己超出しようとする主人公を描きながら、丸山の映像的で硬質な文体の先端は、湿った日本の文学風土を鮮やかに突き抜けている。

（「図書新聞」一九八五年一一月九日号）

黒古一夫『祝祭と修羅—全共闘文学論』（彩流社）

今、〈思想〉と〈知〉の新たな翼賛体制が深く静かに潜行している。偏狭で排他的なイデオロギーを後ろ盾にして、個性化の衣装を巧妙にまとい、方法論の斬新さを競いあいながら、空虚な消費社会のなかを跋扈している。このような〈思想〉の右傾化と気分的なニヒリズムの時代風潮のなかにあって、本書は一九六八年の日大闘争、東大闘争を頂点に全国の大学を席巻した「学生叛乱＝全共闘運動」の意味を、おもに文学作品に焦点をあてて再検証しようと試みている。

〈思想〉や〈精神〉が商業主義と風俗の波に洗われて風化し、空洞化しつつある現在、全共闘の遺産を積極的に継承しようとする著者の姿勢は、高く評価されなければならない。著者はまずみずからの全共闘体験に依拠しつつ、若い三十代作家の作品に形象化された運動の思想史的な影響を追及し、戦後文学史の流れのなかで異質の文学傾向をなしている、いわゆる「全共闘小説」の定義と解明を出発点として設定している。

著者の認識によれば、全共闘運動とは、〈政治革命〉と〈文化革命〉の二つの要素が混交した一種の反権力闘争であり、理念的には大学を中心とした〈近代＝戦後秩序〉の否定であり、感性的には現実＝社会を超えたところに〈夢の王国〉を建設するための、〈想像力のたたかい〉と位置づけられるというのだ。かかる認識を中心軸にすることで、著者は「全共闘小説」の範囲を「全共闘運動の体験をこの現実に対する〈異化〉とする全ての小説的試み」と定義している。つまり、全共闘運動を記述する行為とは、現実にあらがい現実を超えるために〈想像力〉を十全に解放することで、あの時代の死者や〈沈黙〉を決意した者の世界と拮抗するかたちで、運動の理念と感性を言語に形象化することにほかならない。

このような基本的な認識を試金石として、序論につづく第二章では三田誠広の小説が検討に付されている。黒古氏は三田の文学世界を特徴づける要素として、主人公の思想と行動を規制する〈自閉〉と〈非成長〉にまず着目する。たとえば、『僕って何』の主人公が日本の近代小説の伝統的な主人公像と異なる理由は、そこに作者の〈人間不信〉の思想、別言するなら、〈関係〉への懐疑ないしは恐怖、あるいは〈関係〉の欺瞞性への嫌悪が投影されているからだと主張している。

このような三田の〈人間不信〉に発動するシニシズムないしはニヒリズムは、いわゆる「連合赤軍事件」をモデルとした『漂流記　一九七二』にも投影された結果、テーマの重さに作者の想像力と思考が耐え切れずに、類型化と戯画化の通俗読物に堕してしまったと指摘されている。作品としての質の高さは認めているものの、要するに全共闘運動や革命運動を題材とした三田の小説の欠点は、運動を作品に理念化するのではなく、たんなる風景や意匠として使用している点に求められるというのだ。

第三章で扱われている星野光徳、高城修三、松原好之、山川健一などの小説世界もまた、章題の「過去としての〈青春〉」が端的に示しているように、全共闘運動に材を取りながら、〈青春挫折小説〉の枠組みを超えることができず、表現の位相において運動を過去へと封殺している欠点が指摘されている。

立松和平を論じた第四章では、作品に顕在化している立松の全共闘体験の思想的影響が追求されている。著者の立論にならえば、立松にとっての全共闘体験とは、〈観念〉よりはむしろ抑えつけられていた〈情念〉の開放の場であった、という視点で一貫している。これは高度経済成長のもとで「物質に溺れる父親」をみてきた、いわゆる「団塊の世代」のそれへの反抗の文学的表現であるという指摘は、見事であり示唆的である。

さて、第五章では反天皇制の視座から注目すべき作品を発表している、桐山襲の『パルチザン伝説』や『風のクロニクル』などが分析、検討されている。桐山が一貫して〈革命〉の集約点として反天皇制を小説内で主張しえたことを、著者は高く評価している。著者のこの好意的な評価は、それなりの欠陥を内包しながらも、全共闘運動の内実をできるかぎり表現相に転移しようと苦闘している、兵頭正俊の連作小説『全共闘記』にも与えられている。それは三田たちが運動を〈政治革命〉の側面からばかり捉えて、日本の近代文学に伝統的な〈青春（革命運動）挫折小説〉の系譜から逃れられなかったこととは対照的に、兵頭が運動の内実を〈文化革命〉の側面から、すなわち〈想像力のたたかい〉の側面からも、表現しえたことで拓けた地平でもあった。

全共闘運動を風俗やノスタルジアから描くことを否定し、あくまでも〈持続〉と〈転進〉を希求する著者は、第七章では〈革命運動〉を尖端的なかたちで担った者たちの、獄中からの「手記」や「書簡」に焦点をあてて、〈書く〉という行為のはらむ意味を探ろうとしている。ここでは出版時から評判になった永田洋子の『十六の墓標』と植垣康博の『兵士たちの連合赤軍』、そして大道寺将司の獄中書簡集『明の星を見上げて』が採りあげられ、あの時代の体験を共有した、いわば同時代人としての著者の共感が述べられている。「自分史の中の十五年」という終章では、みずからの全共闘体験の意味の再確認と自分が反核運動にかかわる意味、さらにそれに付随するおのれの文学的立場が表明されている。

本書はこのように、戦後秩序への異議申し立てとしてはじまった全共闘運動と、それを表現した文学作品の検討を通して、あの運動を精神的に継承しようとする著者の、〈持続〉への意志がひしひしと伝わってくる好著となっている。

（「図書新聞」一九八五年一一月二三日号）

青野　聰『カタリ鴉』（集英社）

母と子との葛藤や、外国放浪者の祖国への異和と適応不能を主要な文学テーマとすることで知られる青野聰は、この野心的な長編小説のなかで神話的な枠組みを背景にして、現代における〈物語〉復権の可能性を文学に形象化しようと試みている。物語は人間の肉を喰ったことがある「鴉」を語り手として展開するが、ここには現代文明社会の終末的な状況を反映するかのように、時代のあらゆる病理現象が投影され、作品の同時代性を保証している。モザイク状に織り込まれた多様な挿話群を基調にして、妄想、狂信、性愛、暴力、獣姦、輪姦、死姦、ホモセクシャル、カニバリズム、スカトロジーなどの共同社会のタブー違犯を現前化することで、作者は現代文明社会の病根の深さと、来世の至福を示唆的に暗示しているからである。

この物語の中心軸をなすのは、北一輝を想起させる「先生」という人間の存在である。「日本原人」、「猿」、「多摩子」など主要な登場人物たちのすべてが、〈仮死〉と〈再生〉、〈離散〉と〈集合〉をくり返しながら、釈迦をも想わせるカリスマ的な預言者、「先生」の磁場の影響圏から抜け出すことができないからである。彼らはそれぞれ日本を脱出し、根なし草さながらに世界を放浪したはてに、デンマークのコペンハーゲンで運命の糸にひき寄せられるように、「先生」と出会うことになる。言葉に絶対的な信頼をおき、「ことあるごとに排他的な個我の宇宙に退却」する思索的で自閉的な「先生」だが、この決定的な邂逅をきっかけにして、「先生」はいわば彼らの人生の指南役に転位する。なぜなら、彼らは「先生」が〈遊牧民〉の宇宙観をもとに執筆した「絶滅鳥に捧げる歌」に感化され、シンボリックな意味のレヴェルで〈脱皮〉と〈変身〉を重ねながら、終末に向かって走りに走るからである。

とくに悲劇的なのは、「先生」から隠喩的な意味をこめて「日本原人」と命名された精力絶倫男である。生命の活力源として大根おろしを愛用し、不死身の肉体をほこる「日本原人」の悲惨さは、富と権力の欲望に呪縛されて、「人工楽園」という実現不可能なユートピアを、地上に建設しようという野望を抱くことからはじまる。神の怒りをかい、世界を流浪するよう運命づけられたユダヤ民族のように、「日本原人」の存在の原点はドゥルーズ＝ガタリのいうノマド（遊牧民）にあるはずなのに、私有の観念に囚われて〈定住民〉たらんと欲したところにその悲劇の根がある。

この意味からすると、「東洋姫」とのプラトニックな恋愛を成就できずに、ペニスを切断されて「人工楽園」で死ぬことになる「先生」もまた、「日本原人」と同一線上に位置しているといわなければならない。帰属を求めながら〈中心〉から排除され、〈周縁〉へと追い立てられ、漂泊すべき運命にある者たちの、それは精神の没落を示しているからである。同時にそれは〈パオ〉の解体と「アルファ運動」の失敗とも暗示的に符合している。

ところで、この二人の悲惨な運命と対照的なのは、両性具有的に描かれている「猿」の生の軌跡である。「猿」はこの長編小説の主要なテーマのひとつである、〈仮死〉と〈再生〉をもっとも象徴的に体現している人物である。彼の流転は佐渡から東京、東京からヨーロッパ、そしてふたたび日本を経由して中東に渡り、「孫悟空部隊」を指揮するパレスチナ国際ゲリラの勇士になり、戦死したあげくに〈再生〉して、故郷の佐渡に回帰するという〈遊牧民〉の生に、それは見事なまでに合致しているからである。

そして物語の終局において、バベルの塔さながらの「人工楽園」に火を放ち、夫となった「日本原人」とその赤子を焼殺するのが、「天使にみえる娼婦」と形容される淫乱な「多摩子」であるというのは象徴的な出来事であり、この物語を解読するための重要な鍵となっている。そして、異常繁殖した鴉どもの帝王たる「カタリ鴉」が、佐渡に帰還した「猿」の腹を裂き、その肝臓を喰らうところで、「ぼくらの時代」は終わりを告げることになる。

「猿」のこの生の軌跡に顕在化している、肉体的な〈仮死〉と〈再生〉、あるいは至福の楽園からの精神的な〈転落〉と〈上昇〉は、小説構造という観点からみるなら、神話的なロマンス物語に通例のパターンのひとつになっている。さらにいえば、本作品に大江健三郎の諸作品の技法的な影響がみられるのは事実だが、この黙示録的な長編小説が青野の文学世界の転機をしるす記念碑的な作品になることは、また間違いのないところでもある。

（「図書新聞」一九八六年三月二二日号）

青野　聰『自己への漂流』（岩波書店）

青野氏の小説にはどことなく不透明感、ある種の分りにくさが潜んでいる、とはよく指摘される事実である。叙述の流れが直線的に進まないばかりか、事件も時間の継起軸から意図的に逸脱し、蛇行運動をくり返しながら、叙述対象がいわば「過去時制」と「現在時制」の錯綜した迷路をくぐり抜けてくるため、日本の伝統的な小説風土になじんだ読み手はとまどい、その思考回路に変調をきたしてしまうからである。

このような青野氏に通有の文学表現は、多分、日本文学の既成の創作方法にはとらわれぬ自由な精神、端的にいえば比喩的表現（とくにメタファーの多用）、擬人法の活用、登場人物の名前に付託されたアレゴリカルな意味作用、さらにはリアリズム、サンボリズム、シュールリアリズム、オートエクリチュールなどの手法を自在に駆使することで、新たな文学世界を構築してゆこうとする作者の、並々ならぬ決意の表明とみることができる。

さらにいえば、言語の問題。青野氏の小説世界を難解なものにしている原因のひとつにこの言語の問題、作品に定着する言語の群れが、生硬な誌的イメージを身にまといつつ、過剰なまでの作者＝自意識という濾過装置を通過してから、速射砲さながらに放出され、さらに光度と純度をまして読者のまえに屹立するからである。悪くいえば、翻訳調ということになろうが、そうではなく、作者の言語の難解さを支えているのは、目的意識的な言語をストレートに放出するのではなく、プリズムのようにそれに屈折と反転を加えたうえで、「自意識」の濾過装置を通過させている点にこそ求められるべきなのである。

青野氏はまた、「放浪文学」の旗手、ないしは精神的な「亡命者」としばしば規定される。このような分類化はこれまでの氏の文学的営為を通観するなら、当然の命名であるといわなければならない。なぜなら、分割あるいは二項対立の有効・失効をひとまず度外視するなら、氏の小説世界の中心概念が遊牧／定着をめぐる一点にかかっていることは、紛れもない事実であるからだ。別言するなら、暗黙のうちに同質性を強要する湿度のたかい閉鎖的な日本という共同体を離脱した若者たちのたどる一般的なパターン、祖国脱出↓異国放浪↓祖国帰還↓定住（グランディング）という問題意識こそが、青野文学の核心をなしているからである。

今度、「作家の方法」シリーズの一環として上梓された本書は、肩のこらない講演記録の単行本化であるが、上に述べたような青野文学の核心が、その創造の秘密と問題意識の所在が、作者みずからの手で明らかにされている一冊である。プロローグの「現在への漂流」とエピローグの「〈参〉の発見」をのぞけば、五章からなる第一章は「〈いま、ここ〉への回帰線」と題され、みずからの青春時代の読書遍歴とその文学的影響、たとえばドストエフスキー、フォークナー、グレアム・グリーン、ジャン・ジュネなどの外国の作家たち、そのなかでも特にヘンリー・ミラーの強烈な読書体験と、それをひとつの創作方法として自分の文学に血肉化してゆく過程が語られている。主としてミラーの『北回帰線』と『南回帰線』を引用しながら、作品が内包している「現在形」という時制に注目し、その理由を「いまここにいる自分というものに対してとても意識的だからです」と述べている。

さらにミラーの文学の特質については「表現の沸点」と規定し、それを「爆発という方法」、すなわち「圧力の高まった自己内部の混沌」を〈現在〉の側から言語に形象化することで、ミラーは「自己実現」をなしとげたと結論づけている。そしてこのような「自己実現」を可能にした要因として、「パリという都会の特殊な性格」（孤独）と、「紀行性」（〝いまおれはここにいる〟という感覚）をつけ加えている。

かかるミラー認識は、著者がジャズ用語から借用した「セッション」という独自の方法論へと架橋され、『オレンジ色の海』という長編小説を産出する原動力になったのである。青野氏の説明によれば、この「セッション」という創作上の概念とは、「爆発という方法」をさらに深化したものであり、「表出と混沌の境界」を自在に飛んでゆく心境、すなわち叙述対象としての〈過去〉の側に、今ここで書いている作者の〈現在〉を混入させることにほかならないという。端的にいえば、〈過去〉と〈現在〉との架橋ということになる。

〈現在〉の側からするそうした「過去とのセッション」という基本概念は、青野文学の特質と難解さの源泉ともなっているが、これはさらに「虚構化された回想」、「声による架橋」、そして第三章からはそれは「三日月湖」＝「意識の離れ小島」、「共同体験のゾーン」、「オレンジ色の海と幽体離脱」、「意識のホリゾン」「〈参〉の発見」など、氏ならではの命名法による創作概念へと変奏され、いかに実作に応用されたかが述べられている。

思えば処女紀行集の『天地報道』から、パリ時代の放浪を描いた『オレンジ色の海』、自伝的な『母と子の契約』や『猫っ毛時代』、そして芥川賞の『愚者の夜』、さらに『女からの声』、『試みのユダヤ・コムプレックス』、『太陽の便り鼻から昇る』、『カタリ鴉』、『翼のない鳥』などの諸作品を底流していたのは、このような方法意識だったということになる。そして、本書の最後のほうで、青野氏は「遊牧／定住」というみずからの中心概念に触れつつ、「日本という国家と文化圏を離れて、遊牧民に、そしてユダヤに関心を向けるプロセスは、ぼくにとってアイデンティティーを探す旅のひとつだった」、ときわめて示唆にとむ言葉をもらしている。

本書のなかで作家が述べている、反私小説な創作概念はけっして理解しやすいものではない。しかし、われわれは本書の出版をもって、不透明なベールにつつまれていた青野文学の方法論の闇に、一筋の光明をみいだしたことだけは確かである。

（「図書新聞」一九八八年五月一四日号）

加藤典洋『日本風景論』（講談社）

現在、日本における文芸批評は文学というものが、科学的分析の対象になりうるものなのかどうかをめぐって、水面下ではげしい暗闘と混乱をくり広げているようにみえる。実感や経験にもとづく特権的・権威的な印象批評や倫理批評、あるいはまた伝記的な批評がその方法論の有効性をそれとなく主張する一方で、西欧の精緻なテクスト分析理論を再現するかたちで輸入された、言語論にもとづく構造主義やポスト構造主義（脱構築）などが激しく拮抗し、批評家にたいしてある種の態度決定を迫っているようにもみえる。

このような批評論上の混迷状況のなかにあって、本書の著者である加藤氏の態度は、明快そのものであるといえる。たとえば、「あとがき」のなかで氏は、本書のなかに新しい思想の成果や諸学の達成の知識などを期待しないでくれと読者にあらかじめ釘をさし、「そう、ここには何もない。何もなくても、書きうるもの、書かれうるものが、ぼくの考えている批評」であると述べている。これは先端の批評理論に無自覚ゆえの発言ではなく、方法論について考え抜かれたはてに導き出された、自信にみちた批評宣言であろう。

いずれにせよ、本書においてはすべてが「風景」というキーワードを中心にして論が展開されている。たとえば最初の章では、村上春樹の小説で多用される「まさか」と「やれやれ」という言葉に着目しつつ、その用語の現代性と「風景」との関係が論じられている。「一九五九年の結婚」という章では、現天皇の皇太子時代の成婚という社会的事件をモチーフに、その頃、なぜ深沢七郎の『風流無譚』と三島由紀夫の『憂国』などが書かれたのか、その理由が実証的に解読されている。

これ以外にも、坂口安吾と田中角栄との類縁性、平凡出版がマガジンハウスへと社名変更した意味、さらには吉本ばななの小説と少女漫画との表現の落差などが、社会・時代状況との関わりのなかで、「風景」という観点から鮮やかに解明されている。とりわけ本書の圧巻は、「武蔵野の消滅」という章であり、ここではおもに国木田独歩の『武蔵野』の作品分析を中心軸に、日本人の「景観意識の変容」が説得力ある口調で語られている。

『アメリカの影』以来、著者の批評的関心は作品と社会との関係、すなわち社会的・時代的な文脈のなかで作品を解読するという方向性にあったが、本書のなかでもその手法が見事に生かされている。社会批評の勝利である。

（「公明新聞」一九九〇年三月二六日）

青野　聰『母　よ』（講談社）

青野聰はこれまで「遊牧」と「定着」という二項対立的なイメージを中心軸として、若い日本人青年がながい海外放浪から帰還後、いかに祖国に着地するかという問題をおおくの小説のなかで書いてきた。

しかし、このような海外放浪をいわば原風景とする自己反復的な主題に変化のきざしが現われだしたのは、黙示録的な長編小説『カタリ鴉』を完成してからのちに出版された『人間のいとなみ』や、『七色の逃げ水』あたりからである。なぜなら、それまでの先行作品はおもに苛酷な幼少年時代を主題とする『母と子の契約』や『猫っ毛時代』、あるいは『十八歳の滑走路』をのぞけば、その多くが海外放浪体験に由来する「亡命」、「共同体」、「国際結婚」、「性愛」などの問題が作品の中心舞台を占めていたからである。

ところが、『人間のいとなみ』や『七色の逃げ水』などの作品になると、海外放浪は残像のように後景にしりぞき、かろうじて祖国に定着したあとのニューファミリーを想起させるような、ユニークでありながらそれなりに危うい夫婦関係や親子関係が、中心的主題として前景化してきているからである。

最新作のこの『母よ』の場合も、ひとり別居して暮らしている主人公の作家と、その母子との奇妙な家族間の交流が、小説の基本的な枠組みを形成しつつ、物語のアクションが起動する仕掛けになっている。

小説の中心的なテーマは、たとえば五編収められている連作風の最初の短編、「母よ、どこにいるのですか、あなたはいま」という特異な表題からも知られるように、中年にさしかかった主人公たる作家による、夭逝した実母への悲痛なまでの追慕と鎮魂なのである。

ここにはかつての海外放浪小説のなかに充満していた、あの無軌道なまでの青春の輝きは消えうせ、運命や宿命や血縁にたいする作家の悲哀にみちた声が鳴りひびいている。それは子どもの父親となり、齢を重ねるにつれて深まってくる、ひとりの人間としての血縁的、運命的反復への自覚であり、「ぼくにも母がいた、やっとのおもいで生んでくれた女性がいた、これからはそのひとに意識あるかぎり感謝しつづけなければならない」という作家の呟きのような声なのだ。

青野聰は『カタリ鴉』によって小説主題の大きなひとつのサイクルを閉じ、『人間のいとなみ』をもって新たなサイクルに踏み込んだようにみえる。ただ、この作家の独自性を保証するのは、たとえ中年期にさしかかろうとも、安易な成熟や円熟を拒否する方向性にあることは忘れてはなるまい。

（「公明新聞」一九九一年七月二九日）

青野　聰『遊平の旅』（毎日新聞社）

ある作家の思想なり資質なりが、たくまずしてその処女作のなかに投影されているというのは、よく指摘されることである。小説技術の練磨、作風の変化、問題意識の変容、時代環境の推移など、方法論と主題をめぐる作家のスタンスはそのときどきによって変化するものだが、青野聰のこんどの小説を読みながらそんな感想をもった。小説家というものが端的にいって、その原風景ともいえる処女作やごく初期の作品世界のもつ磁場にくりかえしたぐり寄せられ、無意識のうちにその魔力に呪縛され、あげくその勢力圏から逃れられない宿命を背負っているものだとするなら、この『遊平の旅』もまたそのような種類の小説のひとつであるといえるであろう。

この小説は一九九〇年三月から九一年六月まで、『毎日新聞』の夕刊に連載された新聞小説である。私の知るかぎり、新聞連載という発表形式は青野にとって初めての試みであるはずだが、そういう窮屈な制約があるにもかかわらず、この作品にはこれまで作者が追及してきた、主題系のほとんどの文学要素が投入されている。

つまりこの作品にあっては、『天地報道』や『オレンジ色の海』や『愚者の夜』などに顕在化している海外放浪、帰還、定着という主題系、養母との精神的葛藤のなかで出生の起源をたどる『母と子の契約』や近作の『母よ』などの主題系、さらには男女の性愛の意味をおもに追及した『女からの声』や『太陽の便り鼻から昇る』などの主題系が、それぞれ融合しつつさまざまに変奏されて、ひとつの作品世界を構築しているからである。

ところで、著者はこの小説をめぐる書籍広告のためのインタビューのなかで、「一度日本的風土の中でドン・ファン小説を書いてみたかったからです」と述べている。なるほど主人公たる居郷遊平によるマリア、綾子、桂子（椿）、フランソワーズ、ユダヤ娘、春子、マリコフ夫人などとの、国内外にわたる華麗な女性遍歴をさんざん見せつけられれば、どんな鈍感な読者でも作者の狙いや意図をいくらか理解できるはずである。日本には好色文学の伝統があるとはいえ、私小説がまだまだ優勢な日本文学のなかにあっては、これはやはり果敢な試みといわなければならない。しかしこの作品の場合、女たちとの性愛と交渉の舞台が湿った精神風土の日本を離れて、おもに海外に設定されているという点で乾いた印象があり、海外感覚を基調とする作者の狙いはかなり成功しているといえる。

また小説手法という観点からみても、この『遊平の旅』はなかなか意欲的な作品に仕上がっている。たとえば、神話的な物語性の強調、幻の生母をめぐる主人公の旅＝女性遍歴が、「母をたずねて三千里」の物語と読まれることとの拒否、固有名のシンボル性、メタフィクションの導入、自己言及性、自己批評性など、小説空間のなかでさまざまな工夫がなされていて、青野聰がまたひとつ脱皮したことが明らかになっている。

（「図書新聞」一九九二年三月二八日号）

中上健次『異　族』（講談社）

この未完の大長編小説は、その卓越した才能を惜しまれながら去年、小説家としては夭折といっていいほどふいに、日本の文学風景の中心から姿を消した中上健次の遺作である。その作品に顕在化している中上文学の中心軸はいうまでもなく、紀州熊野に仮構された象徴物としての「路地」を強力な磁場として展開される、過剰なまでの人間の愛憎のドラマである。神話や伝承や物語という日本古典文学の豊饒な富を、衰弱しつつある現代小説のなかに移植しようという壮大な試みをつづけるなかで、中上が一貫して追求してきた主題群は、血縁、肉体、生命、暴力、性、労働、自然というようなものであった。

遺作となったこの『異族』においても、かかる主題群がはらむ問題意識は色濃く投影され、さらに壮大なスケールで展開されている。物語の流れはおもに作中で「青アザ三銃士」と形容される、東京でカラテ道場を主宰する三人の屈強な若者をめぐって進展してゆく。それぞれがカラテの達人であるうえ、胸にそれぞれ聖痕ともいえる「青アザ」がある、被差別部落の「路地」出身のタツヤと在日韓国人のシム、それにアイヌ族のウタリ。この三人の象徴的な義兄弟に、狂言回し役として加わるシナリオ・ライターに誘導されて、読者はおびただしい挿話群や事件を目撃することになるのである。

たとえばそれは、リンチや殺人、自殺や放火、暴走族や右翼集団の内部抗争、あるいは異民族同士の感情的対立といった事件発生に具現化されているのだが、それを黒幕として統括しつつ主人公たちを陰で操るのが、満州国再建を夢想する右翼の大物＝槙野原である。そこからこの壮大な長編小説の主題である国家、民族、天皇制、政治、差別、沖縄などの問題が、戦争中のアジア侵略という血に塗られた歴史の亡霊とともに、平和な戦後空間のなかに突きつけられる仕組みになっている。

表題が端的に示しているように、この小説における作者の創作意図は紛れもなく、歴史的に抑圧や差別の心的構造を支えてきたものを脱中心化したなら、アジア人を含めた異民族の共存が、この現代日本社会ではたして可能なのかという、強烈な問題意識である。ただ、物語の舞台が石垣島から台湾やフィリピンに移るにつれて、小説が冒険活劇風に流れ、作為が透けてみえるのは惜しまれる点だ。しかし、この大長編小説が戦後世代の作家による、壮大な「政治小説」や「汎アジア小説」の果敢な試みであり、中上文学の新境地を拓く可能性を秘めた小説であることも確かなのである。


（「公明新聞」一九九三年一〇月四日）

青野　聰『友だちの出来事』（新潮社）

この小説は純文学の権威がゆらぎその衰退が叫ばれるなか、あるいは純文学とエンターテイメントとの境界が判然としなくなった文学状況のなかで、純文学をふたたび活性化するために、異なる文学ジャンルの養分を積極的に吸収しようとする、作者の実験的意欲が感じられる作品である。基本的には純文学の叙述方法を踏襲しながら、作品空間のなかにミステリーやサスペンスの文学的要素が、さながら味をひきたてる香辛料のように散布されているからである。よくみられた翻訳調の生硬な文章や詩的な比喩表現はすっかり影をひそめ、広範な読者層を意識した仕上がりになっている。そして物語の叙述構造はおおむね、「現在」から照射された「過去」の隠された意味や謎が、語り手の「私」によってベールをはぐように明らかにされる仕組みになっている。

物語は海外に滞在している「私」のもとに、大学時代の友人である植木職人、野村良吉から国際電話がかかってくることから始まる。その国際電話のなかで野村は、ひとりの不思議な女との恋物語を語り、やがてその女が失踪したことを「私」に告げるのだ。帰国後、その失踪事件に好奇心をいだいていた「私」は、やがて女が雪のなかで凍死したことを知らされる。そこで事件の全容や詳細をまだ知らされていない「私」は、ある種のもどかしさから、この「起きたことのような気がしない出来事」に興味を覚え、あるいは「凍死美人」というロマンティックなイメージに触発されて、彼女と関わりあった人物たちから断片的な情報を集めて、凍死した女（八木由香里）の生の軌跡を再現しようと試みるのである。

ここでの「私」の語り手としての役割はむろん、由香里の謎の失踪から凍死にいたるまでの行動を再構成し、死の動機と意味をまるで謎をとく探偵のように、読者に報告することにあるのはいうまでもない。つまり「私」は、暴力的で粗暴な夫から逃げだした由香里が、海外放浪をしながら台湾や日本で売春生活をしたあげく、六年ぶりに夫の経営する福島のロッジに戻り、そこで夫と再会した直後になぜ凍死するに至ったのか、その謎めいた「美人娼婦の凍死」にまつわる事件の核心を読者に明らかにしてくれるのである。

その意味で、由香里の凍死が昭和天皇の死と重ね合わされているのは象徴的である。さらに遠景に退いたとはいえ、作品のなかに海外放浪や祖国定着などの問題が顕在化している点でも、この小説がまぎれもなく青野文学の系譜に連なるものであることを告げている。

（「公明新聞」一九九四年三月七日）

天沼春樹『水に棲む猫』（パロル舎）

天沼春樹氏といえば、ドイツ文学者であると同時に、『夢童子曼荼羅』や『飛行船ものがたり』など、みずみずしい感性と特異な作風で知られる作家でもある。このたび上梓された『水に棲む猫』という作品もまた、そのような著者の文学的感性がいかんなく発揮された仕上がりとなっている。

時代背景は一九六四年に開催された東京オリンピックのころである。関東平野のほぼ中央に位置するふるい城下町を舞台にした、日本がまだ貧しかったころの少年たちと猫をめぐる物語である。物語は主人公であり、語り手でもある十一歳の少年、「ぼく」の視点から叙述されるのだが、プロットの中心はあくまでも大人である作者が現時点から回想する、「あの少年時代の一時期に熱病のように取り憑かれた《儀式》」、ないしは「東京オリンピックの年に猫を水に帰す儀式」に置かれている。

「司祭」と呼ばれるガキ大将の主導のもとに、仲間の少年たちが野良猫や飼い猫を捕まえては、「儀式」と称してわけもなく猫を川に投げこむという、残酷で秘密めいた遊びがこの物語の起点となっている。しかしなぜ、このような残酷きわまりない「儀式」が少年たちのあいだに蔓延したのか。その理由は少年のだれにも分らないのだ。ただ、猫の故郷である「水の国」に帰すための「儀式」なのだと信じ込んでいるのである。

物語内容の中心はほとんど、このような少年たちの無邪気な遊びに占有されている。たとえば小説のなかで、主人公の「ぼく」は次のように述べている。「おそらくぼくたちはこの秘密結社にあらゆる遊びの要素をとりこんでいたに違いない。狩猟、闘争、追跡、賭け、危険、逃走、破壊、功名心、連帯、嫉妬、怒り、羨望、ないものはないといってよかった。一言でいえば、冒険だった」。主人公のこの告白が暗示しているのは、紛れもなく少年から大人になるための通過儀礼の物語である。

なぜなら物語の結末において、「儀式」の主宰者であるレンズ工場の息子が、精神に変調をきたして、精神病院のようなところに入院したという風評が流れ、自分が加わっていた秘密結社が崩壊してしまうとき、「ぼく」はこう述べるからである。「少年たちはそれから初めて自分ひとりの物語を生きはじめたのだとぼくは思いたい。彼らのその後の物語を書くのはぼくの仕事ではない」、と。

作者はこのように、あるノスタルジアをこめて物語を閉じている。しかし、この小説は少年の純真無垢な世界や、残忍なだけの内面風景を描いているだけなのではない。猫にまつわる伝説や逸話や故事来歴の挿入、あるいは子どもの世界と大人の世界との対比という文学的要素だけにとどまらず、そこには戦後のある時代の濃密な色が大きな影を落としているからである。この意味からすると、この小説はいささか誇張していえば、マーク・トウェインの『トム・ソーヤーの冒険』や『ハックルベリー・フィンの冒険』を想起させるような、社会批評をその作品空間にとりこんだ物語ともいえるのだ。

（「図書新聞」一九九六年一〇月一九日号）

大庭みな子『七里湖』（講談社）

本書は大庭みな子の遺著であり、未完の小説である。この小説はもともと文芸誌「群像」に「七里湖」という表題のもとに、第一部が平成七年、第二部が八年にそれぞれ連載されたものである。しかし、第二部の脱稿直後、作家が脳梗塞で倒れ、左半身不随で車椅子生活を余儀なくされるという不幸のために、中断されたままになっていた小説である。

その後、大庭みな子は夫の献身的な介護を受けながら、口述筆記で作家活動を続けていたが、痛ましくも今年五月二十四日、鬼籍に入られた。そのような事情も介在して、未完のまま死後に出版されたのが、この『七里湖』というわけなのである。

大庭みな子といえば、夫の赴任地であるアラスカを舞台とする「三匹の蟹」で鮮烈なデビューを果たしたことは、今でも忘れがたい記憶として残っている。この小説は昭和四十三年の芥川賞を受賞したが、当時から外国を舞台とする小説に関心を持っていた私は、アメリカでもとりわけアラスカを舞台とする小説の出現に、新鮮な驚きを感じたものだ。

本書もまたほとんどアメリカを舞台とする小説である。主人公は四十歳になる雪枝で、異父兄がはじめた登校拒否児たちの私塾、伝説の湖沼にちなんで名づけられた「七里湖塾」で、授業の手伝いをしながら、翻訳もしている女性である。その雪枝が娘たちも高校生になり、手もかからなくなったので、私塾の春休みを利用して、アメリカへ旅立つところから、物語は動きはじめる。

滞在先は知人のいるニュージャージー州の小さな町だが、そこを起点に雪枝は思い出の地を再訪し、思い出の人たちと再会することになる。この過去の記憶をたどる旅の過程で、薄皮をはぐように、雪枝の過去が明らかにされてゆくところが、この小説の醍醐味となっている。

雪枝は十年以上もの長い滞米中に、アメリカ人との間に子供ができ、未婚の母になることを決意している。さらに出産のために帰国した日本でも、日本人の若者との間に私生児を産んでいる。小説はこのように錯綜する複雑怪奇な人間関係に彩られたものになっているが、作品の底を貫流しているのは、定めがたい人間の心の闇の問題であり、「人間はどこからきて、どこへ行くのか」という雪枝(作者)の低い自問の声である。

『七里湖』は老境に入った作家の、しみじみとした味わいのある懐古小説であり、アメリカという原風景への旅である。ご冥福をお祈りしたい。

(「産経新聞」二〇〇七年一一月一九日)

川西政明『吉村　昭』（河出書房新社）

もう十年ほども昔のことになるが、吉村昭にまつわる個人的な記憶といえば、函館から大間までフェリーで渡り、次のバスが出発するまでの長い時間、大間の薄暗いバスの待合室で文庫本の『アメリカ彦蔵』を読んだことが思い出される。

吉村昭は平成十八年に鬼籍に入ったが、生前から多くの愛読者に恵まれた著名作家であり、戦史小説、歴史小説、事件小説、動物小説、漂流記、そして純文学の短編などの分野において、大きな足跡を残した作家としても知られている。

本書はその吉村昭について書かれた最初の本格的な伝記である。吉村は芥川賞の候補に四度なったように、もともとは純文学系の作家として出発している。しかし、ふとした偶然から『戦艦武蔵』を書きあげたことで、彼の作家人生に転機が訪れることになる。内面性を重視する純文学とは異なる、戦史小説や歴史小説などの肥沃さに目覚めたからである。

この伝記では定石どおりに、吉村家の系譜からその死までが俯瞰され、新たな資料や関連文献を駆使して、吉村の人と作品の独自性が明らかにされている。本書の白眉はなんといっても七章にわたる、逃亡者を主人公とする小説群を解読しているところにある。

具体的には『逃亡』『陸奥爆沈』『大本営が震えた日』『長英逃亡』『桜田門外ノ変』などの代表作品が取りあげられ、個々の作品の成立事情や取材過程にいたるまで、踏み込んだ記述がなされている。

次章では『漂流』『アメリカ彦蔵』『大黒屋光太夫』など、漂流民を題材とする作品が対象になっている。『大黒屋光太夫』では、井上靖の『おろしや国酔夢譚』との比較がなされ、吉村がいかに新しい史料を発見して、井上の小説では欠落している部分を埋めたかが解明されている。

文芸評論家として定評のある川西政明による伝記だけあって、論評にも腕の冴えがみられ、伝記的興味を喚起するだけでなく、文学的滋味もたっぷりある。

（「産経新聞」二〇〇八年九月一日）

III　ノンフィクション

クリシュナムルティ、大野・五十嵐・武田訳『真理の種』（めるくまーる）

本書は孤高の覚者として知られる、クルシュナムルティの対話を集めた英書からの翻訳である。この偉大なインドの宗教思想家の足跡は、日本ではまだ未知のベールに包まれている部分がかなりあるが、欧米諸国ではヘンリー・ミラー、オルダス・ハクスレー、フリッチョフ・カプラなど、多くの人々に精神的な影響をおよぼした宗教家と位置づけられている。

本対話集は三部構成からなり、第一部はロンドン大学の理論物理学者、デヴィッド・ボームとの討論、第二部は一九七五年にイギリスで行われた講話ならびに対話、第三部はスイスでの質疑応答にもとづく講話がそれぞれ収録されている。

これらの問答形式の講話を通して、クリシュナムルティは、ある種の既成の抽象概念についてたえず疑念を発しながら、その疑念がいかに〈思考〉の害に汚染されているかを明らかにしている。つまり、彼が一貫して説いていることは、外部の因子によって条件づけられ、制度化された〈思考〉の虚偽性をあぶりだすことで、あらゆる束縛や先入観、あるいは特定のイデオロギーや偏見から解放された、人間の本源的な〈生〉とはなにかを、問い詰めることにあるのである。

このような前提を踏まえたうえで、クリシュナムリティは、この人間に本来的な〈生〉の道筋を模索することになる。彼の認識によれば、真に人間的な世界を創出するために必要なことは、この世のあらゆる悲惨や苦悩の原因となっている〈私性〉を捨象することが、基本的な出発点になるというのだ。高度に発達した文明社会のなかにあって、われわれは個人主義に発動する物質的、知的財産を享受しているが、クリシュナムリティによれば、それこそが世界の不幸の原因だというのである。

理性と科学技術万能の現代社会においては、そのような本来的な〈生〉を解放することは、絶望的な試みに等しいといわざるをえないが、しかしそれを超越しなければ、この管理社会のなかで規格化され、統制化されたひとつの歯車たる〈個〉の奪還はありえないというのである。そこから世事に煩わされることのない無の境地が拓け、現代の混沌とした世界に新たな秩序がうまれ、世界に安定と平和が訪れるのだと、クリシュナムルティは主張している。

ともあれ、クルシュナムルティにとって、〈個〉の幸福を実現するためには、あらゆる因習化された〈思考〉から自由にならなければならないのだ。それを否定し、それを昇華することから新たな〈生〉の覚醒が始まるからである。そのためには西欧流の思考や論理、あるいは知や観念を洗いなおして、〈思考〉が本来的に持っている、機械化されたエネルギーとは別種の、新たなエネルギーの鉱脈が洞察と瞑想を通して、探りあてられなければならないのである。そこからのみ霊的な〈生〉が輝きだし、なにものにも囚われぬしなやかな〈思考〉が生まれるのであり、そしてそれが人類を統合するエネルギーになるからである。

要するにクリシュナムルティが主張していることは、〈個〉が精神の自由を獲得するには、洞察と瞑想を媒介にして、既成のあらゆる権威、所属、所有、制度、イズムなどの隷属から、〈生〉を解放せよということにつきるのだ。この霊的な〈生〉から他者の苦悩を理解できる慈悲心が得られるわけなのだから、個人主義を超越した豊かな人間関係が構築されるのは当然のことになる。虚心に自己を知ることで、愛情をもって他者と共生できる世界が拓けるというわけなのである。

この意味からすると、本書は〈生〉の再生の書といっても過言ではない。文明の行きづまりから、混迷の度を深めている現代社会のなかで、魂の渇きにあえいでいる現代人にとって、この対話集は精神的な救いとやすらぎを与えてくれるものとなっている。とりわけ現代の危機的な状況を認識している読者にとって、本書はまちがいなく自己革新と至高の英知にいたる確かな道筋を示してくれている。

（「図書新聞」一九八四年五月一二日号）

石垣綾子『スペインに死す』（立風書房）

日本を飛びたつときにはコートが必要であったのに、その日（一九八五年二月二四日）、カリフォルニア州へイワードでは真夏を想わせるような陽光がきらめき、汗ばむほどの暑さだった。いかにもアメリカ人らしい陽気さで、熱弁を揮っている議長役のミルトン・ウルフの大声が、大きなうねりとなって大講堂を熱気で包み込んでゆくと、押し殺したような静寂の底から、弾けるような歓声と拍手が湧きあがり、私は不思議な感動に浸っていた。

ここではかつてスペイン戦争に参加した、エイブラハム・リンカーン旅団の元義勇兵（VALB）たちの西海岸地区の年次総会が開かれているのだった。今年で四十八回目をむかえる帰還兵たちの総会なのだが、ニカラグアに救急車を送るための募金活動もかねているせいなのか、広い会場にはゆうに千人を越える人たち、元義勇兵やその家族だけでなく、一般市民もたくさん詰めかけているようだった。

国際旅団の民兵としてスペインからアメリカに帰国後、「反ファシストの未熟児」というレッテルを貼られたあげく、弾圧や投獄や就労拒否などの辛酸をなめつくしたはずなのに、すでに老境に達した元義勇兵たちの顔が、それぞれ晴れやかであったのが印象的であった。ある人は車椅子に乗り、またある人は家族に身体を支えてもらって、かろうじて歩いているのに、参戦当時の赤の三角星のついた黒のベレー帽をかぶった彼らの顔には、人生の労苦をしのばせる深いしわが刻まれていたが、どことなく歴史の創造にかかわった者たちのもつ、ある名状しがたい気品のようなものが漂っていた。

集会には元義勇兵を含めて、アメリカ医療部隊の元看護婦、医師、通信や宣伝要員などを入れても、スペイン戦争にかかわった人たちは五十名程度しか参加していなかったが、不思議な熱気と高揚が会場にはみなぎっていた。彼らはいまや老残の身となっていたが、かつては反ファシズムの旗をかかげて、フランコとの激闘を生きぬいた者たちだけがもつ、毅然たる風格のようなものを身にまとっていた。数少ない実戦参加者たちのなかでも、作家のアルバ・ベシーの沈黙と孤影はひときわ印象的であった。

あの激烈をきわめたスペイン戦争にアメリカ国際旅団の一員として参加し、ファシストの凶弾に倒れたただひとりの日本人義勇兵が、ジャック・白井であった。ブルネテ戦線の戦場に散り、ダラーマ川をのぞむマロニエス台地のオリーブの木の下に、粗末な墓標とともに埋葬された白井。三十七歳での、その無名の死。数奇ともいえるような運命の変転。

このようなジャック・白井のあまりにも短い生の軌跡は、人の胸をうたずにはおかないが、石垣綾子のこのたび出版された『スペインに死す』(『オリーブの墓標』改訂版)において、この白井の謎めいた生と死が、フィクショナルな潤色をまじえながらも、生き生きと活写されている。一九三〇年代の不況と激動のニューヨークで、同志的連帯をもとに白井と反ファシズムの闘いを共有した石垣綾子は、みずからの生の証を求めて、この「直情的で誠実でしかも内側にねじ込んだ」、不可解で孤独な魂をかかえた、白井の秘密めいた生涯を追体験することで、自分の視界からふいに消えた白井の原像を復元しようとする困難な旅に出発するのである。

白井をスペイン戦争へと駆りたてた暗い情念の源泉をさがし求めて、石垣の想像力は函館に近い渡島当別にある男子トラピスト修道院にとび、浮浪児として社会の底辺であがいていた函館時代の白井を探しあて、外国航路の船員としてニューヨークで船から脱走した、密入国者たる白井の姿を追い求めるのである。そしてニューヨークの狭い日本人社会で朝鮮人ではないかと疑われ、白眼視された白井におなじ人間として、心からの共感を寄せるのである。

このような偏狭な日本ナショナリズムに汚染されたニューヨークの村社会から、偏見と二重差別の日本人社会から、真の自由と平等を求めて、ジャック・白井は一九三六年一二月二六日に、国際義勇兵の第一陣として、初冬のニューヨークの岸壁を離れて、不帰の旅に出発したのだった。埋めることのできない謎を残したままで――。（白井の義勇兵時代の不明な部分は、法政大学の川成教授が本書の「改訂版第三刷のための報告」のなかで記しているように、今回のリンカーン大隊の年次総会出席によって、かなり明らかになった）。

本書はかかる白井の実像を可能なかぎり復元しようとする努力を通して、ひとりの無名の日本人が一九三〇年代の激動の時代を、いかに自己の思いに忠実に生きたかを伝えている。この意味でも、白井の死を英雄的な死にまつりあげ、政治的な道具として利用することは慎まなければなるまい。白井の死がわれわれに教えてくれるのは、ひとりの人間として、いかに良心的に生きるかということなのだから。

（「図書新聞」一九八五年六月二二日号）

川成　洋『青春のスペイン戦争―ケンブリッジ大学の義勇兵たち』（中公新書）

青春にはいつも光と影がつきまとっている。理想を求め志なかばで倒れながらも、その流れ星のような生の軌跡にはひとの胸を打たずにはおかない魔力が潜んでいる。

本書は一九三〇年代の時代相を背景に、反ファシズムの旗をかかげ、青春の理想に燃えてスペイン戦争に挺身した、六人のケンブリッジ大学出身の若い義勇兵の光と影を、その生と死を、貴重な資料を駆使して描いている

一九三〇年代といえば「政治の季節」ともいわれ、アメリカの世界恐慌の余波で、イギリスも不況と失業、さらにはファシズムの影が忍びよる暗い谷間の時代であった。そして、このような政治的・経済的な混迷に終止符をうつかのように勃発したのがスペイン内戦である。それは国民を二分し、おなじ国民同士を血で血をあらう殺戮に駆りたてた、悲惨きわまりない戦争でもあった。副題からも知られるように、著者はイギリスからこのスペイン内戦の両陣営に駆けつけた労働者、学生、知識人のなかで、比較的資料の残っている六人の若き義勇兵に照明をあてて、その激しく燃えつきた青春群像を浮き彫りにしようと試みている。

この六名の義勇兵たちはその政治的立場がどうであれ、イギリスの伝統的で高踏的な自由主義を身につけた、まだ二十代前半の若者たちであったが、その胸の奥でうずく理想と情熱をたんなる言葉だけではなく、実際の行動で示したのだった。反フランコであれ、親フランコであれ、スペインの戦場にまで果敢にもおもむき、みずからの血を流して戦ったのがこの六名の義勇兵なのであった。

ジョン・コーンフォードはそのうちの一人である。彼の父はケンブリッジ大学古典学講師であり、母は芸術至上主義的な女流詩人で、みずからも新進気鋭の詩人・文芸批評家であったが、彼が命を落としたのはアンダルシア地方、ロペラ村の戦場においてであった。二十一歳という若さである。また叔母に高名な女流作家、ヴァージニア・ウルフをもつジュリアン・ベルは、イギリス人医療部隊の救急車の運転手として、ブルネテの戦場に散っている。そして幸運にも、スペインの戦場から祖国に生きて帰還したマルカム・ダンバーは、「心優しい理想主義者」であり、第十五国際旅団参謀長まで務めた人物であったが、後年、疑惑と謎につつまれながら、北ウェールズの海岸で不可解な死をとげている。

このように、若い義勇兵たちの人生は戦死と帰還という明と暗に分かれたが、青春を理想実現のために捧げた、彼らの行為にたいする著者の思いは熱い。ここには紛れもなく、スペイン戦争に憑かれ、血のにじむような資料渉猟を重ねてきた著者から、彼らにたいして送られた哀切なまでの鎮魂曲が流れている。

（「公明新聞」一九八五年六月二四日）

川成洋・石原孝哉『スペイン夢行』（三修社）

スペインといえば連想反応のように、フラメンコと闘牛、あるいは光と影というイメージが、たちどころにわれわれの脳裏に浮かんでくる。その国民気質も複雑怪奇で、ほとばしるような熱情的なエネルギーが、矛盾と混沌のただなかから噴出してきて、異邦人や観光客を圧倒しにかかってくるような印象がある。要するに、スペイン人の血のなかにはドン・キホーテ的な理想主義と、サンチョ・パンサ的な現実主義とが奇妙にも同居しているため、それがスペイン人をアンビヴァレントな国民に仕立てあげているという理屈になるわけだ。

本書は「夢行」という表題がはしなくも示唆しているように、南国の陽光が降りそそぐなか、光と影、聖と俗が交錯しているスペイン人の不可思議な情念の始原をたずねて、諸都市を巡礼者のように遍歴した旅の記録である。しかしながら、この紀行は崇拝のあまり無反省に対象にのめりこんだあげく、過度にそれを賛美するような類書にみられる紀行記とは異なり、冷徹な観察眼と批評眼を武器にして、光の奥にある影を、灼熱のあとの冷気を肌に感じながら、猥雑な叫びの底からかすかに聞こえてくる声にもしっかりと耳を傾けている。政治的混迷と血にぬられたスペインの激動の歴史の暗部から、ほのかに立ちのぼってくる民衆の声を聞きわけ、おびただしい民衆の無残な死を透視している。

さながら無名の死者たちを鎮魂するかのように、著者たちはイルンからバルセロナ、バレンシアからセビリア、さらにはマドリッドを通ってレオンへ、レオンからビルバオへと遍歴をかさねて行く。そして悲哀の歴史のなかに沈潜している各都市を巡遊しては、その都市にまつわる政治的事件とエピソードを紹介しながら、スペイン戦争という大きな国民的悲劇の源泉を求めて、歴史の大河を遡行して行くのである。著者はふたりとも英文学者だが、「炎と沈黙の国に対する熱い思い入れ」に駆られてなのか、行間から切迫感がひしひしと伝わってくるような紀行文になっている。

著者たちのスペインへの第一歩は国境の町、イルンから始まっている。しかし、著者たちには気楽な旅人という気分はなく、その触手はいつも平穏な都市のたたずまいから、都市の裏に隠されている影の部分にまで伸び、そこから当時の政治状況に思いをはせるという結構になっている。たとえば、イルンではバスク独立運動に気をとめ、バルセロナではオーウェルが『カタロニア讃歌』で活写したあの有名な「五月事件」をしのび、セルビアでは「反共転向作家」、アーサー・ケストラーの獄中での苦悩を想像したりしている。

そしてゲルニカではピカソの反フランコの大作絵画、『ゲルニカ』に思いをはせている。さらに著者たちの思いはスペインの天才詩人、フェデリーコ・ロルカの痛ましい死や、スペインにおけるアナキズム運動の超人的な指導者、ブエナベルトゥラ・ドゥルティの謎にみちた死や、リンカーン大隊の民兵として国際義勇軍に参加して、ファシストの凶弾に倒れた唯一の日本人、ジャック・白井の寂しい匿名の死などに向けられ、それを熱い共感をこめて書きつづっている。
しかし、本書はいうまでもなく、こういった政治的な死だけを記述しているわけではない。「夢行」という表題からも知られるように、むしろスペイン現代史を形成する動因となった宗教、教会、都市成立の由来とその歴史、文化や文学に影響をおよぼした伝説や神話などのほうに多くの目配りがなされていて、多角的な視点から都市と民衆にまつわるスペインの現代的な素顔を読者に伝えようとしている。酒池肉林とまでとても行かないが、スペインの美女やワインについての楽しい体験も記されている。この意味からするなら、本書は硬軟とりまぜた、知的刺激にあふれた、スペインへの魅惑的な誘いの書といえるものになっている。

（「図書新聞」一九八五年八月一〇日号）

ケニス・クラーク、松本昇・福田千鶴子訳『未完の革命―キング／マルカム／ボールドウィン対談集』（青磁社）

日本の読書界においていま、静かに六〇年代のアメリカが見直されつつあるようだ。このような流れの背後にあるのは、いうまでもなく、たんなる懐古趣味やレトロブームなどではなく、人間の生の根源にかかわるある本質的なものが隠されているようにみえる。高度情報化社会、そしてポストモダンなどという上からの賑々しい掛け声のうらで、管理と消費の魔力に呪縛されたわれわれ個人は不透明な息苦しさを感じ、軽やかなパフォーマンスも演じることもできないまま、虚しくさらに多くの酸素を、と叫んでいるのではないか。その原因を後期資本主義の政治的・文化的戦略に求めるなら話は簡単なのだが、そうではなく、もっと本質的なところでわれわれの生は壊れつつあるのではないか。現代のこの経済優先のニヒリズムのなかで——。

思えば、一九六〇年代のアメリカとは、経済とか効率だけが優先されるのではなく、あくまでも「人間性復権」を運動体として要求する激動の時代でもあった。ヒッピー、ドラッグ、コミューン、フリーセックス、ゲイ解放、ブラックパワー、大学紛争、ベトナム反戦運動、フェミニズム運動、そして消費者運動（越智道雄『アメリカ「六〇年代」への旅』、石川好『ストロベリー・ロード』参照）など、対抗文化や反権力のシンボルとして多様な運動が展開されたのがこの時代の特徴であった。

そして、このような権力からの脱管理をめざす多様な運動と連動するかたちで出現したのが、「マイノリティの運動」、具体的にいうなら、ケネディ政権下において「人種差別撤廃」と「公民権」、つまりは「人間として生きる権利」を要求する、いわゆるブラック・パワーであった。

ところで、このような激動の六〇年代にあって、「人種差別撤廃」と「公民権運動」を個別に主導した三人の著名な黒人、マーチン・ルーサ・キング師、マルカムX、そして作家のジェイムズ・ボルドウィンに、編者のケニス・クラークがインタビューした内容を訳出したのが本書である。編者でありインタビューワであったクラークが、「ウェズリアン版への序文」のなかで述べているように、「一触即発の公民権運動の最前線にいたこれらの三人」はすでに故人となったが、それぞれがクラークとの対談のなかで、苦渋にみたち口調で、アメリカにおける黒人の解放、黒人の地位向上について自己の考えを披瀝している。

痼疾のような白人の偏見と蔑視をうち破りつつ、戦わなければならなかった「人種差別撤廃闘争」には妙案はないのだが、たとえば「直接行動による非暴力方式」と「抑圧者に対する愛」を基調にするギング牧師は、クラークにたいして次のように述べている。「私は、このような運動において、私たちにとって利用可能な、いちばん強力な武器としての、非暴力という方法に従うことが必要であるが、人格を統合する力となる愛の倫理に従うこともまた必要だと、言おうとしているのです」。

これに対して、ブラック・モスレムの運動の指導者、マルカムX師は反ユダヤ=キリスト教の立場を鮮明にしつつ、さらにはキング師の「非暴力主義」を批判しながら、さらにラジカルに黒人の完全な「人種分離」を説き、「この国の黒人が他民族から尊敬と承認を得られる唯一の方法は、自立すること、つまり自分で何かを勝ちとり、自分で何かをすることだ」と主張している。

他方、キング師とマルカムXの思想のどちらにも加担しないボールドウィンは、黒人にたいする白人の精神の荒廃を指摘し、「白人たちが何をなすべきか。それは彼らが、自分の心に、そもそもなぜニガーという存在が必要だったかを問うことです」と結論づけている。

今から二十年以上もまえに行われた、この達意の訳文をえたインタビュー記事をよみながら、私はあらためて「黒人問題」の絶望的なまでの困難さを思った。一九六三年アラバマ州バーミンガムで勃発した最初の黒人暴動、その熱気は今も存在するのだろうか。

（「図書新聞」一九八八年八月二七日号）

川成　洋『スペイン戦争―ジャック白井と国際旅団』（朝日選書）

戦争にはいつも光と影がつきまとっている。栄光の裏には悲惨さが隠されているからである。周知のように、スペイン戦争とは第二次世界大戦の序曲の役割をはたしたという点で、近代世界史のなかに独自の位置をしめているが、そこにもやはり光と影が厳然として存在している。

一九三六年の七月、スペイン領モロッコでのフランコ将軍の軍事反乱にはじまったスペイン戦争は、国を二分する凄惨このうえない流血の惨事を重ねながら、一九三八年、人民戦線路線によって樹立された、スペイン第二共和国の崩壊によって幕を閉じたところの、近代世界史上まれにみる悲劇的な内戦であった。ファシズム対民主主義という政治理念上の対立はともかく、この内戦の独自性をひときわ特徴づけているのは、近代的な殺戮兵器を装備したドイツ軍とイタリア軍が強力にフランコ側を支援する一方で、共和国側陣営のほうには反ファシズムの理想に燃えた、ほぼ四万人もの国際義勇兵が世界五十五ヵ国から応援に駆けつけたことである。

本書はかかるスペイン戦争の歴史的背景を縦糸として、共和国側の戦列で戦ってスペインの大地に散ったひとりの日本人義勇兵、ジャック白井の闇につつまれた履歴の謎を追い、可能なかぎりその全体像を復元することを主眼にしている。理想社会実現のために、みずからの血を流して異郷の地に倒れた、このジャック白井の足跡をたどるために、著者は石垣綾子のようなニューヨーク時代の友人、あるいは同世代の人たちの証言を集め、内外のさまざまな関連文献を渉猟し、はてはアメリカやイギリスやスペインにまで渡って、国際旅団の元上官や義勇兵にインタビューを試みたりして、函館近郊にある修道院付属の孤児院で育てられた後、アメリカに密入国したといわれるジャック白井の経歴の闇に光をあてようとしている。著者の熱気がひしひしと伝わってくる好著である。歴史の風化がいわれる現在、長年の「私のジャック白井像を求める旅」の集大成ともいえる本書は、純粋に「大義」に挺身することの美しさを教えてくれる一書でもある。

（『正論』一九八九年六月号）

川成　洋『スペイン読書ノート』（南雲堂）

スペイン戦争にＰＯＵＭ（マルクス主義統一労働者党）の一民兵として参加し、その苛酷な体験を『動物農場』や『一九八四年』などの卓越した政治風刺小説へと昇華したイギリイの作家ジョージ・オーウェルは、かつて次のような趣旨の発言をしたことがあった。書評とはつまるところ、ただ単にある特定の書物の巧拙やそれにたいする価値判断を下すにとどまらず、おのれの意見や政治的見解なりを積極的に披瀝する場でもある、と。これは右顧左眄することも、ましてや政治的・党派的思惑にとらわれることもなく、あくまでも自己の心情に忠実であった、ポレミックなオーウェルならではの書評についての考え方であろう。

ところで、川成氏の『スペイン読書ノート』の場合もまた、表層的にはこれまでさまざまなメディアに発表した、書評の集成という体裁をとりながらも、随所に氏ならではの独自の見解が披瀝されていて、興味あふれる一書となっている。個別的にみえながら、しかし網羅的であり、通読すればスペインの政治、文化、風土、歴史などの全体像がたくまずして浮き上がってくる仕組みになっている。とりわけ、スペイン内戦史研究を対象とする書物についての書評は、氏のスペイン現代史研究にかけた情熱と、それについての執拗なまでの研鑽の跡を反映していて、ひときわ読みごたえのある個所となっている。スペインについての知的興味や目配りの広さという点からみても、本書は「西愛家」(イスパノフィロ)にとっては、見逃せない一書であることはまちがいない。

本書の構成はおおむね四部から成っている。第一部には主として、スペインに関するさまざまな著者によるエッセイ、紀行文、滞在記、随想集、写真集、はては学術的な著作や専門的な研究書の翻訳までもふくむ書評が集められている。いくつか例をあげれば、堀田善衛の卓抜な『スペイン断章』や

『オリーブの樹の蔭に』などへの書評からはじまり、この第一部には次のような書評も収められている。田沼武能の写真集『カタロニア・ロマネスク』、安野光雅の『裏道のスペイン』、村田栄一の教育論たる『シエスタの夢／私のスペイン』、やや学術的な樺山紘一の『カタロニアへの眼』、渡辺哲郎の『バスク』などのほか、スペイン現代史の空白を埋めるといわれるS・G・ペインの『ファランヘ党』の翻訳研究書にたいする書評も収められていて、それぞれに評者たる川成氏の的確なコメントがつけられている。

第二部はおもに小説の書評が中心となっている。ここにはスペインを題材とする五木寛之の『ガウディの夏』、逢坂剛の『スペイン灼熱の午後』や『カディスの赤い星』などの作品にたいする書評が集められ、著者のスペインについての興味と知的好奇心の広さを物語ることになっている。第三部には、かなり学術的な書物の書評が網羅されている。たとえば、日本における代表的なスペイン内戦史研究者である斉藤孝編の『スペイン内戦の研究』、東谷岩人の『スペイン　革命の生と死』、あるいはスペイン内戦とイギリス文学との関係を論じている英文学者、小野協一の『スペイン内戦をめぐって』や野々山輝帆編の『スペイン内戦と文学』、ビラ＝サン＝フワンの『ガルシア・ロルカの死』、そのほかスペイン内戦にかかわる翻訳として、J・M・マスティの『スペインの死を見たと言え』、コリツォーフの『スペイン日記』、ロレンソの『スペイン革命におけるアナキストと権力』、ソペーニャ編の『スペイン人民戦線史料』、E・H・カーの『コミンテルンとスペイン内戦』など、日本で出版されたスペイン戦争に関係する代表的な書物のほとんどが、書評の対象として俎上に載せられている。

そして、最後の第四部には書評ではなく、『朝日新聞』や『毎日新聞』、あるいは『英語青年』や『法政通信』などの一般紙や雑誌に寄稿した文章がおもに収められている。そのタイトルをここに列挙してみると、「歴史的事実とスペイン戦争」、「ヘミングウェイと『スペインの大地』」、「戦争の中の子供たち」、「幻の本」、「スペイン内戦史研究の動向」、「『スペイン戦争文学』は可能か」となっている。以上のタイトルからも知られるように、この第四部に収録された短文のそれぞれが、スペイン現代史研究における川成氏の興味と関心のありかを如実に物語っているだけでなく、氏の今後の研究の方向性をも示唆していて興味ぶかい。

たとえば、「幻の本」という文章のなかにおいては、スペイン戦争に参加した唯一の日本人義勇兵、ジャック白井の足跡をたどるきっかけとなった、坂井米夫の『ヴァガボンド通信』という本を探しあてるまでの苦労がつづられている。そして「スペイン内戦史研究の動向」では、氏の尽力によってすでに法政大学図書館に収蔵された、わが国では最大のスペイン戦争関係の貴重なコレクション、つまり共和国派についての膨大な第一次史料の内容が紹介されている。

スペインは現在、一九九二年のバルセロナ・オリンピックとセビリア万博を控えて、世界中の注目を集めている。日本でも日増しに、スペインへの関心が高まってきている。光と影、情熱と哀愁、フラメンコと闘牛など、スペインを形容する言葉はいろいろあるが、本書はこのような観点からみても、スペスンの過去と現在を知るうえで、有益な一書になることは疑えない。

（『法政』一九八九年一〇月号）

カール・ヨネダ『アメリカ一情報兵士の日記』（PMC出版）

本書の著者である日系アメリカ人のカール・ヨネダさんにお会いしたのは、一九八五年二月、サンフランシスコにおいてであった。それは、スペイン戦争に日本人義勇兵として参加したジャック白井の足跡を追う、法政大学の川成教授に同行して渡米したときのことだった。私たちの渡米目的はサンフランシスコの隣町、ヘイワードの市民会館で開かれる予定になっていた、「エイブラハム・リンカーン旅団元兵士の会」（VALB）の西部諸州の年次総会に出席し、アメリカ人元義勇兵仲間を取材して、ジャック白井についての情報をいささかでも得るためだった。

その年次総会の会場まで私たちを車で連れて行ってくれたのが、ほかならぬカール・ヨネダさんなのである。篤実なヨネダさんは私たちを自宅に招待してくれたうえ、夕食までごちそうしてくれたのだ。そのときはまだ健在だった奥様のエレインさんをまじえて、ふとしたことから戦時中の話になったときに、ヨネダさんが懐かしそうに取りだしてみせてくれたのが、ご自身が第二次世界大戦中にアメリカ軍の情報兵として製作に参画した、日本軍兵士に投降を呼びかける色褪せた大量のビラであった。

この『アメリカ一情報兵士の日記』は、そのヨネダさんの従軍メモをもとにしたものである。すなわちこの日記は、日系人を敵性外国人という名目で隔離した、カリフォルニア州マンザナ強制収容所に妻子を残し、ミネソタ州にある米国陸軍情報語学校にみずから志願し、そこで情報兵として様々な訓練をうけることになる一九四二年一二月二一日から始まり、その後ビルマ北部戦線から中国の昆明へと転戦し、そこで終戦を迎えるまでのひとりの日系宣伝工作兵の体験を扱ったものである。本書の記述にしたがうなら、アメリカ軍のＭＩＳ（軍事情報兵）の任務はおおむね、俘虜訊問、軍事文書の翻訳、伝単（敵軍への宣伝ビラ）の作成、日本語前線放送、暗号解読であったという。

情報兵としてのヨネダさんの任務はおもに伝単を作ることにあったが、それはたとえば米軍が戦地の日本兵にむけて投下した、与謝野晶子の「君死に給ふことなかれ」などのビラでも知られていることである。本書のなかでヨネダさんは、日系情報兵としての自分の立場を、「日本語で、日本兵の気持になって、生命の尊さを訴え、玉砕することの無意味さを主張した」と述べている。貴重な史料であると同時に、じわじわと感動の伝わってくる本である。

（「公明新聞」一九八九年一〇月二一日）

ロバート・M・パーシグ、五十嵐美克他訳
『禅とオートバイ修理技術』（めるくまーる）

この本は「禅」といい、「オートバイ修理技術」といい、きわめて奇妙な取り合わせの表題をもつ作品だが、アメリカでは一九七四年に出版されるや大反響を巻き起こし、たちまちベストセラーになった書物の全訳である。哲学的思索のはてに精神に変調をきたし、電気ショック療法によって自己の記憶を奪われた元大学教師によって書かれた本書について、その内容を端的に紹介するなら次のようになろうか。すなわち、西欧流の合理的科学主義にたいしてアンチテーゼを突きつけ、禅を中心とする東洋思想を援用して、西洋思想のもつ科学的合理主義の制度化された思考方法のパラダイムの転換を、あるいは科学的思考をめぐって西洋思想と東洋思想との融合の可能性を探ろうとした書物であると、とりあえず要約することができようか。この意味からすると、ひところ日本でも脚光を浴びた「ニューサイエンス」と通低する要素や目的意識をもつ書物であると言うこともできる。

ここで本書の全体的な構成を粗述すれば、訳者も「あとがき」で指摘しているように、著者と息子クリスとによるアメリカ諸州を横断する「オートバイの旅」と、記憶を喪失する以前の本来的な自己＝パイドロス（著者）がたどった「精神世界の旅」とが、小説でいうなら風景描写と作者の論評部

分との転換さながらに、この二つの外面と内面をめぐる「旅」が二重構造として機能しながら、それが交互に展開される仕組みになっている。「オートバイの旅」の部分においては、訪れた地域の感想や風景描写をのぞけば、オートバイの構造や、機能や、メインテナンスの問題、さらにはオートバイの生産・補修にかかわる科学技術とその応用方法、科学主義の合理性と真実性などのより根源的な問題がおもに考察の対象になり、著者ならではの見解がそれにたいして述べられている。しかしながら、本書においておおかたの読者の興味をそそるのは多分、パイドロスが流浪と遍歴を重ねることになる「精神世界の旅」のほうであり、そこでは日常的な問題（たとえば大学教育における単位認定や評価問題、ここからさらに思索が深められ著者独自の〈クオリティ〉の問題が検討されている）から、現代の科学、宗教、哲学、芸術などがはらむ危機的な状況までもが考察の対象になっている。そして、このような多岐にわたる深刻で切実な思索や「シャトーカ」（一昔前の講演形式）の積み重ねのなかから浮かびあがってくるのは、みずからを狂気にまで駆り立ててやまぬ、パイドロスの「真理」を求める苦悩にみちた孤独な精神的・思想的格闘の跡である。

ところで本書には「禅」という表題がつけられているが、直接「禅」に言及している箇所は意外なほど少ない。しかしながら、著者にたいする「禅」の影響は濃厚であり、たとえば「禅僧たちは『ひたすら座る』と言うが、その禅修業においては、主体と客体という二元論的な観念は意識を支配していない。私が語っているこのバイクのメインテナンスにしても『ひたすら修理すること』であって、ここでも主体と客体という観念が修理する人の意識を支配することはない」という記述などにそれをみることができる。

いずれにせよ、このような「禅」への言及は、この本が出版された六〇年代後半のアメリカ社会にあった気分、すなわち科学至上主義や物質文明に背をむけ、愛と平和を求めたヒッピーたちの運動、あらゆる偽善的特権を否定しつつベトナム反戦をさけんだ学生反乱、黒人を中心とする少数民族の公民権要求運動、さらには価値観の転換や意識変革のために導入された禅やヨーガのブームなどの、当時の激動するアメリカの社会的気分を反映していることはまちがいない。

この意味からすると、本書はすぐれて六〇年代的な書物ということができる。訳文も流麗であり、解説も懇切丁寧であるが、なによりもこの大部の書を翻訳紹介した訳者たちの労を多としたい。

（「図書新聞」一九九〇年七月二一日）

川成　洋『スペイン雑記』（南雲堂）

スペインは現在、一九九二年に開催が予定されている次期バルセロナ・オリンピックと、コロンブス新大陸到達五百年祭をふくむセビリア万国博覧会、さらには同年に行われるＥＣの統合などを控えて、世界でもっとも注目を集めている国のひとつであろう。スペインといえば、われわれ日本人はすぐさま闘牛やフラメンコ、あるいはまた異国情緒と憂愁にみちあふれた、光と影の国というイメージを連想しがちである。しかしながら、いかなる国であれ外国人がいだくそのような表層的なイメージなり固定観念とは異質の、その国ならではのある種の秘められた顔を持っているというのも、これまた間違いのないところであろう。

たとえば本書は、「雑記」という控えめな表題にもかかわらず、日本人をも含めた外国人がいだくスペインにまつわる、そのようなイメージの落差や濃淡のあえかな差異を、豊富な話題と材料をもとにして、史実的・複眼的な視点から埋めることで、スペインという国の全体像を浮き彫りにしようと試みたものである。

スペイン現代史研究に情熱を燃やす著者のひたむきな姿勢を反映して、本書に取りあげられている話題、論題は多岐にわたり、読者はそのひとつひとつの書評や記事を読みすすめてゆくうちに、食物から料理までふくめたスペインの文化伝統、風俗習慣、過去の栄光と悲惨な歴史、現在の政治経済の動向と将来の展望、さらにはスペイン人とはいかなる民族なのかにいたるまで、肩肘はらずに気楽に理解できる仕組みになっている。この意味で、本書はスペインという国と文化にたいする気楽な入門書といってもいい。

たとえば、これまで新聞や雑誌に発表した記事、論考を集めた第一部では、多面的な角度からスペインが話題にされ、大いに論じられている。試しにそれらの論題、表題をあげてみると、文豪ヘミングウェイの愛したレストランの話からはじまり、スペインという国のもつ「脱西欧的姿勢」、「祭りと宗教」、「麻薬二次売買禁止令」、「友愛団体フリーメイソンリー」、「ジプシーの迫害」、「サラマンカ大学総長ウナムノの演説」、「モンセラーノ黒い聖母の伝説」、「子供共和国の現実と未来」など、それぞれに興味あふれる話題が、著者ならではの見解をまじえて語られている。

たとえば、「祭りと宗教」の項では、国土回復戦争（レコンキスタ）の終息後の一四九二年から、一九七五年のフランコの死去まで、いわば国教であったカトリック教会が、民衆弾圧の暴力装置であった歴史が明らかにされ、「祭りの時だけは無礼講で、ハメをはずすこと、宗教を批判し、あるいは揶揄することが許されたのだった」と示唆にとんだ意見が述べられている。

ところで第二部においては、スペインの過去の歴史、とりわけ国民どうしが悲惨な流血の惨事をくり広げたスペイン戦争にかかわった外国人たち、たとえばジェラルド・ブレナム、アーサー・ケストラー、トム・ウィントリガムなどの作家、あるいは著述家がおもに紹介されている。ケストラーは生前から世界的に著名な作家だったが、彼にくらべたらほとんど無名のトム・ウィントリガムの経歴、つまりスペイン戦争時『デイリー・ワーカー』の特派員としてバルセロナに滞在していた彼が、共和国軍陣営のために「イギリス医療部隊」を編成したり、あるいはイギリス人だけの最初の義勇兵部隊、「トム・マン百人隊」の軍事訓練を担当したなどの紹介は、たとえ著名ではなかったにせよ、人間として作家としてみずからの理念に忠実であった男の姿を伝えていて興味ぶかい。

ところで第三部になると、ここにはスペインを舞台とする小説や歴史書についての書評が集められている。興味のある読者の便宜のために、書評の対象となった書名をいくつかあげておくと、カミロ・ホセ・セラの『パスクアル・ドゥアルテの家族』、青木康征の『コロンブス―大航海時代の起業者』、J・H・エリオットの『スペイン帝国の興亡』、荻内勝之の『スペイン・ラプソディ』、逢坂剛監修の『スペイン内戦写真集』、そして長田弘の『失われた時代―一九三〇年代への旅』などがある。

最後の第四部ではおもに、国際旅団のその後を追った「五十年後の義勇兵たち」と、著者みずからが製作に乗り出したジャック白井に関するドキュメンタリー映画が、資金難から中断を余儀なくされた経緯が語られている。とりわけスペイン戦争終結から五十年目に催された、「国際旅団の行軍―平和・自由・民主主義のために」（一九八八年、バルセロナ）というイベントを現地取材した報告記は、思想的に変節することもなく、あくまで自己の理想や理念の正当性を信じて生きてきた、世界各国から参集した老元義勇兵たちの姿を活写していて、感動的ですらある。なるほど理念や理想を、あるいは民主主義の虚妄を冷笑することは簡単だが、しかしそれを構築し護りとおすことの方がはるかに忍耐を要することが、この元義勇兵たちの報告記からは伝わってくる。

本書はくだけた「雑記」という内容構成でありながら、じつは行間から著者のスペインへの熱き思いが、たくまずして伝わってくる一書である。著者は「あとがき」のなかで、それを「スペイン病」の「病原菌」のなせる技だと述べているが、なるほど納得のゆく説明である。

（『法政』一九九一年一月号）

川成　洋（編著）『民族の血は騒ぐ―民族紛争がわかる本』（創現社）

本書はその分野に詳しい気鋭の研究者、あるいはルポライターを起用して、世界各地で頻発している民族紛争のルーツと歴史的背景を、一般読者にも容易に理解できるような形で、体系的・網羅的に解説したガイドブックである。ガイドブックという性格もあってか、年表や図表も多く使われ、視覚的にも紛争の真因が無理なく理解できる仕組みになっている。この意味で、本書は世界各地の全体像を知るうえでも、格好の案内書といえそうである。巻末に併録されている民族紛争をめぐる音楽のリスト、映画のリスト、さらにはブックガイドなどの参考文献表は、紛争の背景をさらに詳しく調べたい読者には、きわめて重宝なものであり、親切な配慮といわなければならない。

ところで、本書で採りあげられている世界の民族紛争は多岐にわたり、意外な国や意外な地域で民族紛争が多発していることに、正直なところ驚かされる。たとえば、われわれはペレストロイカによる社会主義の存亡をかけた激動のなかで、ソヴィエト連邦に帰属するバルト三国の独立をめぐる民族紛争については、マスコミのニュース報道を通してある程度の知識と情報を持ちあわせてはいる。しかし、初めて日系の大統領が誕生したペルーの民族紛争の実情となると、かいもく見当もつかないのが実際のところであろう。

このように本書においては、よく知られた世界の民族紛争ばかりでなく、たとえば中国の民族紛争、中南米のインディオやアイルランドの民族紛争、さらにはアフリカ、インド、アメリカ、アラブ、カナダ、オーストラリア、トルコなどでも発生している多くの群小の民族紛争にもスポットをあて、その真因や歴史的背景、現状などを分析して、丁寧な解説を加えている。

とりわけ、日本でもその力量が知られるようになった台湾の映画監督、「侯孝賢のなかの本省人と外省人――『悲情城市』をめぐって」というタイトルの紹介文と、在日のインドネシア、バングラデシュ、フィリピン、ミャンマー各国の女性たちによる自国内の民族紛争をめぐる座談会は、アジアを知らないという日本人の盲点をつかれて、教えられるところが大である。

さらにスペイン好きの本誌の読者には、川成洋氏が執筆している「スペインの熱い血」をお勧めしたい。これはスペインの北部地方、バスクの民族紛争の歴史的背景を時代を追って解説したものであると同時に、バスク人の民族気質に言及しながら、ゲルニカの悲劇に象徴されるスペイン内戦の内実にまで迫っている。さらに一九五九年に結成されたバスク民族主義運動の中核、「バスク祖国と独立」（ETA）が、現在のゴンサレス社会労働党政権下において、いかなる立場に置かれているかも報告している。いずれにせよ、本書は単一民族の幻想を持ちつづけている日本人にとって、一種のショック療法ともいうべき民族紛争の入門書となっている。

（『パセオ』一九九一年二月号）

荒井信一『ゲルニカ物語』（岩波新書）

スペイン北部バスク地方にある小さな町、ゲルニカといえば、スペイン戦争の悲劇のシンボルとして、われわれの脳裏に刻まれている。スペイン戦争はよく知られているように、一九三六年、フランコ将軍によるスペイン領モロッコでの軍事反乱によって勃発した戦争である。国民同士が共和国軍側と反乱軍側とのふたつの陣営に分かれ、血で血を洗う抗争をくり広げた「内戦」であったが、それに「戦争」という色彩を加えたのが、フランコ反乱軍に加担したヒットラーとムッソリーニの独伊の参戦であった。

ハイテク兵器が乱舞した湾岸戦争さながらに、兵器的・戦術的な意味からみても、このスペイン戦争は第二次世界大戦の予行演習、あるいは実験戦ともいわれる凄惨このうえない戦争であった。そのなかでも最大の悲劇的・象徴的な事件は、ドイツ空軍のコンコルド軍団を主力とする最新鋭の戦闘機が、ゲルニカの町に大量の無差別爆撃をくわえ、非戦闘員たる一般市民に多数の死傷者を出したことであった。この古都ゲルニカにたいする無差別爆撃に衝撃をうけ、共和国政府の依頼で、パリ万博スペイン館壁画として制作されたのが、自由と民主主義擁護の政治的メッセージをふくむピカソの大作

『ゲルニカ』であった。

本書はこのようなピカソの『ゲルニカ』誕生の現代的な意義を、スペイン戦争を中心とする歴史的・政治的文脈だけではなく、ピカソの内面生活という伝記的要素も加えて、『ゲルニカ』のもつ画面構成やシンボル解読をもあわせて論述したものである。いわば政治的価値と芸術的価値という表面的には対極にある論点から、『ゲルニカ』のもつ歴史的意味や今日的意味を、過不足なく追及したのが本書なのである。これは『ゲルニカ』を記述するとなると、歴史的・政治的文脈かあるいは芸術的文脈かのいずれかに、その比重がかかりすぎる類書とは大いに異なる点であり、本書の美質のひとつになっている。

ここには著者による、「政治の領域と美の領域の交錯をさぐり、その実態を究めることも現代史家の課題とならなければならない」という決意が秘められている。アメリカを中心とする多国籍軍によるイラク猛爆が行われた現在、本書からはスペイン戦争が遠い国の遠い過去の戦争ではないことを知らされる。そして、芸術作品『ゲルニカ』誕生をめぐる秘話からは、あらためて平和と民主主義を護ることの重要性を教えられるのである。

（「公明新聞」一九九一年三月四日）

川成　洋『光と影の出会い　スペイン』（教育社）

スペインの歴史といえば、その民族や文化や宗教の多様性とともに、われわれ日本人にはどことなく複雑怪奇という印象がある。したがって、スペインの通史としての全体像を構築しようとすると、いたずらに頭が混乱するばかりで、輪郭のすっきりとした明快な像を結ぶことが、はなはだ困難に思えてくる。スペイン史やヨーロッパ史の専門家や研究者ならいざ知らず、ごく普通の平均的な日本人にとっては、スペインとはいぜんとして哀愁と異国情緒に満ちあふれた、ヨーロッパのなかの光と影の辺境国であるか、あるいはまた勇壮華麗な闘牛とフラメンコの国という、偏見にみちた表層的なイメージに呪縛されているのが実情であろう。しかし、そのような外国人がいだく浅薄な観光イメージとは異なり、世界のすべての国には過去から連綿と集積された、栄光と悲惨の秘められた「歴史」がその裏には隠されている。

地理学的にみてもスペインは、アフリカとヨーロッパとを結ぶ交通の要所であったばかりではなく、地中海と大西洋との交易上の接点でもあった。そのために先史時代より多種多様な民族が侵入してきては、先住民族との攻防をくり広げた結果として、スペインならではのユニークな歴史や文化が形成されることになったのである。

このような複雑多岐にわたるスペインの歴史を、単一民族という幻想に酔いしれる日本人が通時的に理解しようとなると、頭が混乱してくるのも道理であろう。本書はそうした混乱を避けるために、無味乾燥で瑣末な歴史的事実をいたずらに羅列することはせず、あくまでも実在した生身の人間に焦点をあて、それに歴史上のエピソードを絡ませながら、通史としてのスペインの全体像を一般読者にも分るなかたちで、ダイナミックに叙述しようと心がけている。

たとえば、本書においては、ある種の学術書や類書にみられるような歴史記述の瑣末主義は慎重に回避され、あくまでも歴史上の重大事件や要点だけに、その記述対象が限定されている。さらに地図や写真や図版などを豊富に再録することで、本書は視覚面からも理解できるような配慮と工夫が施されている。この意味で、本書はこれからスペインの歴史の輪郭を知ろうとする読者には、格好の入門書のひとつだと言うことができる。

ところで、本書の構成はおおむね二部に分かれている。たとえば、本書の主要部分を占めている一部においては、それぞれの章に「古代―大移動のイベリア半島」、「中世―イスラムの夢と美」、「近世―ヨーロッパの覇者、スペインの誕生」、「近代―惨憺たる成功と雄々しき失敗」、「現代―モデルなき試行錯誤」という表題がつけられ、古代から現代に至るまでの波瀾のスペイン史が記述されている。具体的にいえば、アルタミラの壁画発見にまつわる古代期から、現代のゴンサレス政権にいたるまでの激動のスペイン史が、通時的・共時的な観点から、対象を絞りこんだかたちで簡潔に書かれている。とりわけ、スペイン内戦を中心とする国際旅団や日本人義勇兵への歴史的な言及は、著者の研究の成果と歴史的真実を発掘しようとする情熱が反映されていて、すこぶる読み応えがある。

スペインは現在、次期バルセロナ・オリンピック、コロンブス新大陸到達五〇〇年祭をふくむセビリア万博、さらにはEC統合などの国家的ビッグイベントを控えて、世界の熱いまなざしを浴びている国のひとつである。しかし、スペインの将来がすべてバラ色に彩られているわけではないのはむろんである。著者はたとえば、スペイン現代史の記述を終えるにあたって、次のように述べている。「現在も、ゴンサレス政権がつづいているが、現政権のかかえている課題は相変わらず厳しい。EC加盟とNATO残留問題は解決したものの、現政権の選挙公約でもある失業問題、インフレ問題、ETAのテロ問題など、その前途は決して楽観を許さない。また、ゴンサレスに代わって、これらの課題を解決する政治家も政党もないことは、事実である」。

さて、本書の第二部は一部とは趣ががらりと変わって、楽しいスペイン散策記になっている。まるで観光案内さながらに、マドリード、バルセロナ、グラナダ、ロンダ、カディス、バレンシア、バスクなど、著者みずからが訪れたスペイン各地の体験談、見聞録がその中心を占めているからだ。この部分を読むだけでも、歴史から知られるスペインとはまた別種の現代に生きるスペインの国民性、あるいはその民族気質、文化、伝統、習俗などを知ることができる。

たとえば、マドリードを話題とする「人類最古の職業」というトピックの部分では、日本人観光客がよく被害にあうスリや泥棒の横行にふれて、著者はその理由として「最近の中南米諸国の途方もないインフレ、政情不安などから、どんどんいわば出稼ぎにやって来ている」現状を指摘しているが、スペイン通ならではの見方である。
本書はこのように第一部の歴史記述と、第二部のスペイン散策記からなる合成本であるが、けっして内容的、体裁的に断絶しているわけではない。なぜなら、ここには無味乾燥の味気ない歴史的事実の羅列はなく、まるでわれわれと同じ空気を吸っているかのような、生身の人間のドラマが展開されているからである。とにかく面白い本である。

（『法政』一九九一年一〇月号）

川成　洋『幻のオリンピック』（筑摩書房）

スペインはいま、世界中からもっとも注目を集めている国のひとつであろう。今年の夏に開催されるバルセロナ・オリンピック、コロンブス新大陸到達五〇〇年祭と連動するセビリア万博、さらにEC統合などの国家的ビッグイベントを控えて、経済的にも文化的にも活況を呈しているようにみえる。オリンピックという世界的なスポーツの祭典を開催することの効果もあろうが、スペインが世界からこれほど脚光を浴びたことが、かつてあっただろうか。

とりわけごく平均的な日本人にとって、スペインといえば哀愁と異国情緒に彩られた光と影の国であり、勇猛果敢な闘牛と華麗苛烈なフラメンコの国であった。これらの表層的な観光イメージは、日本人のあいだに政治的、文化的に醸成された自民族中心主義的な見方にほかならないが、特定の民族がべつの民族国家にいだく当然すぎる心的反応でもある。なぜなら、ある国なり民族なりのイメージはことごとく、外国人の偏見や誤解から生じていることもあるからだ。ただこの夏に開催されるバルセロナ・オリンピックを中心とする、国家的なプロジェクト群の推進によって、スペインにたいする日本人の皮相なイメージが修正され、スペインの歴史、文化、芸術、習俗だけでなく、その民族性やメンタリティの深層構造がいささかでも理解できるようになるなら、オリンピックなどの開催はけっして国家的なイメージの損失になることはあるまい。

この意味からすると、本書の出版もじつにタイムリーといわなければならない。オリンピックがまじかに迫ったいま、世界中のツーリスト・インダストリーがスペインやバルセロナ、あるいはセビリアなどに熱い視線を向けていることは、当然ながら理由のないことではない。しかし、異国情緒に誘発された観光気分や、浮かれたお祭り騒ぎのなかで、どれだけの日本人が果たして、次のような歴史的事実を知っていることだろうか。今からほぼ半世紀まえ、ナチス・ドイツの主導するベルリン・オリンピックに対抗するかたちで、バルセロナで「人民オリンピック」が計画され、それがスペイン内戦の勃発によって、幻のオリンピックに終わってしまったことを。

本書はその「幻の人民オリンピック」の計画概要を知らせてくれる、日本ではじめての本である。

これは著者が長らく心血をそそいできた、スペイン内戦史研究やスペイン現代史研究から派生した副産物のようなものだが、フランコ独裁体制の禁圧のもとでスペイン本国でも、その研究が端緒についたばかりであることを考えるなら、乏しい資料のなかでとりあえず「人民オリンピック」の概要に光をあてたことの意義は、強調しても強調しすぎることはない。

このバルセロナでかつて計画された「幻の人民オリンピック」の全容を明らかにするにあたって、著者はスペインの歴史動向だけに限定するのではなく、当時の世界史の動きもたえず視野に入れながら、いわば巨視的な観点から記述しようと試みている。たとえば、本書の中心をなす「幻のバルセロナ人民オリンピック」の全容に肉薄するための前提条件として語られているのは、「ナチス・ドイツの台頭」と露骨な人種差別思想にもとづく「ナチス・オリンピック」開催の歴史的背景である。

この前提を踏まえたうえで、著者はさらに筆を進めて「ナチス・オリンピック」の政治的意味やその意図に言及して、次のような指摘を行っている。「ドイツの軍事的な拡張政策とベルリン・オリンピックが見えざる糸によってしっかりと結ばれることになった」。そこに著者はヒットラーの政治的野心を読みとっている。というのは、ナチスによって計画された聖火リレーのコースが、とどのつまり第二次世界大戦における、「ナチス・ドイツの軍用コースとなり、このコースを南下したナチス・ドイツ軍の砲火の下に占領され」ることになったからだ。

しかし、かかるナチスの国威発揚や政治宣伝、さらには軍事的野心と人種差別政策が一体となった一九三六年の「ベルリン・オリンピック」に対抗するかたちで、人民のためのもう一つのオリンピックを開催しようと発案されたのが、反ナチズムをかかげた「バルセロナ人民オリンピック」なのであった。参加を表明したチームは二三チームで、約六、〇〇〇人の選手のエントリーが見込まれ、各国の選手団はすでにスペインに入国していたが、開会の二日前にフランコの軍事反乱をきっかけとするスペイン内戦が勃発して、「バルセロナの人民オリンピック」は文字通り、「幻」に終わってしまったのが真相である。

これが「幻のバルセロナ・オリンピック」の歴史的経緯である。この夏、バルセロナで開催されるオリンピックが、日本でもにわかに注目を集めているいまこそ、かつてバルセロナでオリンピックが計画され、それが直前に「幻」におわった歴史的真実を知るうえでも、ぜひとも一読をすすめたい本である。

（『NHKラジオ　スペイン語講座』一九九二年三月号）

川成洋・渡辺哲郎『スペイン讃歌』（春秋社）

夏季バルセロナ・オリンピックがようやく幕を閉じた。開催決定から日本人のあいだでにわかに高まってきたスペイン熱が、競技終了とともに急速にしぼむとは考えられず、さらに静かに潜行してゆくものと思われる。実際に現地まで観戦旅行に出かけた人にとっても、テレビでこの世界的イベントを観戦した人にとっても、今回のオリンピックはスペインの魅力を知るための絶好の機会を提供してくれたことであろう。

このような加熱するスペイン・ブームのさなかに出版された本書は、スペインの風土的魅力や歴史文化を多面的な角度から伝えてくれる、まさに表題どおりのスペイン讃歌にみちあふれている。ガイドブックの案内文だけでは物足りない人たちにとって、特定分野のそれぞれの専門家が執筆しているだけに、本書はスペインの全体像にまつわる深い知識と知的満足をあたえてくれること請け合いだ。

本書の構成は六章からなり、第一章は主として「幻のバルセロナ・オリンピック」をめぐる秘話と、セビリアやマドリッドを中心とする都市物語。第二章では、カタルーニャやバスクの民族問題などが論じられている。第三章ではフラメンコや闘牛や庶民について、第四章はスペイン内戦を中心とする歴史的事件について。第五章にはスペインの文学、美術、建築、料理、音楽、映画などに関する最新情報が満載されている。そして終章ではおもに、「日西交渉史」にスポットがあてられている。付録として翻訳書ガイド、レストランガイド、CDガイド、映画ガイドなどが収録されているのも、スペインに興味がある人にはじつに便利だ。

ところで、執筆者のひとりである作家の逢坂剛が「イスパノフィロと呼ばれて」のなかで、「スペインなんて語るものじゃない。行って感じてみるものです」と述べているのも含蓄のある言葉だ。なるほど、スペインに行ってみるか。

（『パセオ』一九九二年一〇月号）

岳　真也『タクラマカン砂漠漂流記』（東京新聞出版局）

中国語では船で川をくだることを「漂流」というそうだ。だから表題からの連想で、『ロビンソン・クルーソ漂流記』、『ジョン万次郎漂流記』、『おろしや国酔夢譚』、あるいは最近の佐野三治の『たった一人の生還』などの、海上での漂流記や漂着物語を思い浮かべる読者ははじめ、「砂漠」と「漂流」との取り合わせに幻惑されるはずだ。しかし、読者がこの『タクラマカン漂流記』をひもとけば、そのような疑念はたちまち霧散霧消することになる。

本書は中国では最大、世界でも第二の広さを誇るタクラマカン砂漠を流れる河を、文字どおりゴムボートで「漂流」した記録である。タクラマカン砂漠はかつてシルクロードの要所であったが、現地では「死の海」と呼ばれる未踏の地域である。その未踏の地域を学術調査をかねて探検しないかという誘いが、中国科学探検協会から法政大学ワンダーフォーゲル部に持ち込まれたことが、「史上初の企て」ともいえる大砂漠漂流の発端になった、と著者は説明している。その招聘に応じて、法政大学と中国探検協会のあいだで日中合同調査隊が編成されることになり、学術調査を中心にすえた夢物語のような未踏地域への冒険行が、現実のものとして動きだすことになるのだ。

法政側調査隊は自然地理学、考古学、文化人類学などの専門家のほかに、ワンダーフォーゲル部などの学生隊員、それに写真班や医師などが加わり、総勢三七名で編成されることになる。さらにこの調査隊は、「ケリヤ川源流域調査隊」、「ケリヤ川航下調査隊」、「ケリヤ川下流域調査隊」、「ケリヤ川流域調査隊」の四班に細分化され、同大学において英語講師もしている著者は「冒険好きの物書き」として、「ケリヤ川航下調査隊」の隊長格で参加することになるのだ。この「航下隊」のおもな任務はタクラマカン砂漠を流れるケリヤ川の中流から下流までゴムボートで漕ぎくだり、川筋がどこで尽きるのかを確認し、それを追跡調査することにある。

本書はおもにその航下体験の記録である。さらに具体的に述べるなら、航下隊がケリヤ川の蛇行や浅瀬、あるいは底なし沼のような軟泥や砂嵐に悪戦苦闘しながら、ついに川が砂漠に消える終結点に到達するまでの「冒険」のプロセスが記述されている。しかし、著者の記述が集中するのは航下の場面だけではない。猛烈な砂嵐のなかホータン空港への危機一髪の着陸、中国人隊員との宴会や交流、個性派ぞろいの航下隊隊員の点描、愛すべき同行ドクターの言動、風情あふれるオアシスの町の散策、ウィグル人家族との心温まる交歓、牛に干してあったコットンパンツを盗まれるというほほえましい挿話など、随所に作家ならではの隠し味も用意されている。ところで、今度のタクラマカン砂漠遠征によって、豊富な海外放浪体験をもつこの小説家の「放浪の虫」は沈静化したのであろうか。

(「週刊読書人」一九九三年七月一二日)

川成　洋（編著）『だから教授は辞められない』（ジャパンタイムズ）

先日の新聞記事によれば、文部省の大学審議会が国公私立を問わず、大学教員の任期制を導入すべきだという提言を盛りこんだ中間報告を公表した。導入の是非や具体策は各大学の判断にまかせられるというが、教授を含めたすべての教員を対象とし、任期中の業績・教育評価などで再任の扱いを決めることになるという。いうまでもなく、このような提言がなされた背景にあるのは、これまでさんざん喧伝されてきた受験生の激減による大学・冬の時代論や、文部省による大学設置基準の改正やカリキュラムの大綱化、あるいは硬直化した大学制度、とりわけ教員人事の悪弊がもたらす、研究の停滞と学生教育の不徹底がその呼び水となっていることは疑いない。

このような機能不全を起こした大学と大学制度にたいする危機意識の反映なのか、いま世間では百花繚乱ともいうべき大学論や改革論が花盛りである。本書はそのなかでも「大学教授論」におもに焦点をしぼり、「いわば等身大の大学教授像」を世間に公知しようとしたものである。本書の構成は三章からなり、第一章は「大学教授の素顔」、第二章は「大学教授の知的水準」、第三章は「大学教授への処方箋」となっている。評者も大学教員の末端に連なるものだが、一読してかくもひどいものかと驚きあきれるような、唖然とする大学教授（本書においては専任講師以上の全教員を「教授」に含めている）の醜悪な生態と、それを容認してきた大学制度の構造的欠陥、ならびにそれを改善するための抜本的な改革案などが提示されている。

たとえば、英語学者の山岸勝榮氏は、品性下劣なボス教授が権勢をふるう、都内某有名大学の夜間部英語科のなかの「嫉妬心がうごめく異常な世界」を、実体験に絡めながら内部告発している。本書の編者である川成洋氏のいう、「学内政治家」「学校屋」「藩札教授」などが、たとえ一部であるにせよ、確かに存在しているようなのだ。このように学閥やコネや自己利益擁護のみに支配された、閉ざされた異様に子供じみた「日本的ムラ社会」だからこそ、竹添敦子氏のいうように非常勤講師は使い捨てにされ、将来の保証もないまま悲惨な生活を余儀なくされることになるのであろう。あるいは原田浩二氏が報告しているように、指導教授の恣意のままに大学から放りだされ、行き場を失った大学院修了者たち、つまりは「大学難民」が大量発生したりする遠因にもなるのであろう。

第一章の「大学教授の素顔」を読んだだけで、すっかり憂鬱になってしまった。これでは大学というのは学問の府どころか、嫉妬、いじめ、なれ合い、卑劣、愚劣、加虐、ノイローゼ、セクハラ、陰口、怪文書、情実人事などなんでもありの、魔窟のような世界に思えてくる。大学関係者のひとりとして、かかる醜悪な実態はごく一部の現象だと信じたいのだが、認識が甘いのかもしれない。しかし、悲観ばかりもしていられまい。本書の第二章以下には、そのような悪徳教授の駆逐法が提言という形でしっかりと載っているからだ。たとえば、山野井敦徳氏は学問的な立場から、特定大学出身者の教員市場の独占率を調べ、学閥と純潔主義がもたらす弊害を説き、人事制度をメリット制（実力主義）に移行すべきだと主張している。鷲田小彌太氏と桜井邦明氏はまた、終身雇用制や研究紀要の見直し、国立大学や定員制の廃止、あるいは研究業績や教育内容を調査できる、公平な評価システムの導入など、具体的な提言をしていて説得力がある。

各氏によるこうした有益な提言は、大学改革のためには必要不可欠なものである。しかし、そこには陥穽がないのであろうか。だれのための、何のための改革なのか。その意味で、菅孝行氏の言葉は示唆的である。氏は現在の改革論議は大学人主導の改革ではなく、それは「一部の政治的教授を除けば文部省と事務当局の主導による改革」であり、「選別と管理の新手法」であると断じているが、冷静に考えてみるべき至言である。

（「図書新聞」一九九五年一〇月二八日）

川成　洋（編著）『だけど教授は辞めたくない』（ジャパンタイムズ）

先頃、大学審議会が文部大臣にたいして、大学教員にも「選択任期制」を導入すべきだという答申を行った。新聞報道によれば、その骨子は国立・公立・私立を問わず、教授から助手まであらゆる教員に任期を設けるというものである。断行の狙いは大学間や民間との人事交流を進め、教育・研究を活性化するためだと述べられている。

この「任期制」の導入はまた、身分保障や学問の自由、あるいは大学や教授の自治にも関係してくるだけに、導入をめぐっては賛成・反対が鋭く対立することが予想される。その意味でこのたび出版された『だけど教授は辞めたくない』は、おもにこの「任期制」の問題に焦点を合わせているだけに、きわめて時宜を得たものといわなければならない。

編著者の川成洋氏はプロローグのなかで最初に、「まったく研究をないがしろにして学内政治にうつつを抜かしてきたオソマツ教授の排除こそ、大学改革の焦眉の課題である」という提言を行っている。これに関連して、鷲田小彌太氏は、助手や若手研究者ではなく、「教授のリストラ」こそが必要なのだと力説しつつ、「だめ教授、無能教授、破廉恥教授」を業界から追放することこそが大学改革の核心であると主張している。さらに桜井邦明氏は、国家レベルでの「公明正大な評価機関」が確立されるならという前提条件つきで、「任期制」の導入に賛成している。

これに対して、中央集権的な管理制度のもとで、権威主義的なワンマン学長によって正当な理由もなしに、放送大学の再任を拒否された経験をもつ深谷昌志氏は、「研究業績」の客観的評価の難しさを指摘したうえで、「任期制」が導入された場合、「封建社会の専制君主のように、学長などの一部の者が権限を振り回すこと」を懸念材料として、導入には反対の姿勢をみせている。

このような賛成・反対の論説を読みながら、あらためて大学問題の病巣の深さと、特効薬の不在を思い知らされた次第である。評者は公平で客観的な評価機関や評価基準が確立されるなら、基本的には「任期制」の導入には賛成であり、しかも最初に教授から適用すべきであるという意見である。それにしても、いま日本全国で「大学改革」が大流行しているが、大学人がこぞって戦争になだれ込むかのようないまの改革ブームは、どこか異常ではないのだろうか。だれのための改革で、大学はどこに行こうとしているのだろうか。

（「公明新聞」一九九六年一一月一八日）

川成　洋『スペイン歴史の旅』（人間社）

川成洋氏といえば、大学教員の腐敗や堕落などに関して歯に衣を着せない批判者として有名だが、それは研究者としての同氏のごく一面でしかない。周知のように、同氏はもともとは英文学者であり、日本におけるスペイン内戦史研究のすぐれた専門家でもある。とりわけ国際旅団のイギリス人大隊とアメリカ人大隊の調査・研究では定評のあるところであり、日本人でただひとりの義勇兵といわれるジャック白井の足跡を調査し、それを広く世間に知らしめた功績は大であったといわなければならない。

この『スペイン歴史の旅』はそのような川成氏がこれまで、さまざまな雑誌や新聞などに寄稿したスペイン関係の文章を集めたものである。本書に収録されている多数の論文や記事は、そのときどきの求めに応じて書かれたものだが、けっして断片的なものではなく、通読すれば著者の長年にわたる地道な研究の成果が、あますところなく分かる仕組みになっている。とくにスペイン内戦とは何であったのか、という問題が体系的に論じられていて、学問的蓄積の深さが実感させられるのである。

本書は四部構成からなり、一部では「独断的スペイン案内」という表題からもうかがい知られるように、著者の目に映じたさまざまなスペインの魅力が、スペイン人の歴史感覚や時間感覚などと絡めながら紹介されている。二部にはスペイン内戦関係の解説文、ならびに論考が集められている。ここでも主に論じられているのは、内戦に勝利したあと独裁体制を敷いたフランコ将軍の小伝、フランコ反乱軍に虐殺された若き詩人、ロルカとマチャードとの関係、イギリイ人義勇兵として若くして戦死した五人のイギリス人文学者、スペイン内戦の写真でいちやく世界的に注目されるようになった戦争写真家キャパの苦悩、共和国の応援団長といわれたヘミングウェイの活動などである。

三部は「スペイン内戦その後」である。ここでは国際旅団解散五十周年記念大会、バルセロナで開催される予定であった幻のオリンピック、あるいは内戦に参加したイギリス人義勇兵のその後を追った報告文などが主たる呼び物となっている。

なかでも私の興味をもっとも引いたのはスペイン内戦時、従軍看護婦として野戦病院で働いたことがあるナン・グリーンと、救急車の運転助手として内戦に参加したフリーダ・ナイトという、二人の老イギリス人女性への著者のインタビューである。そこではこの二人の女性が『カタロニア讃歌』の作者、ジョージ・オーウェルのスペイン内戦体験の甘さを痛烈に批判しているからである。たとえば、フリーダは政治的党派の思惑はあるとはいえ、「オーウェルは全然駄目ですよ。全く。あのアラゴン戦線で、タバコの配給が少ないとか、敵がノミやネズミなんて、ねぼけたことを言っているのですから」と批判をしているのである。

四部は「多様な人間模様」となっているが、ここで印象に残るのはスペイン内戦の調査・研究を通じて、親交を結ぶことになった石垣綾子、カール・ヨネダへの心あたたまる追悼の言葉である。研究者としては類いまれなほどの行動力を発揮する、著者の熱気がひしひしと伝わってくる好著である。スペイン好きの人にも、あるいはスペイン内戦に関心のある人にも、ぜひとも一読をすすめたい本である。

（『パセオ・フラメンコ』二〇〇三年三月号）

川成　洋『スペイン戦争　青春の墓標―ケンブリッジの義勇兵たちの肖像』（東洋書林）

著者はもともと英文学者でありながら、さながら何かに取り憑かれたように、じつに精力的にスペイン内戦史に関わる、おびただしい研究書を世に問うてきた。代表的な著作をあげれば、『スペイン―未完の現代史』（彩流社）、『スペイン戦争―ジャック白井と国際旅団』（朝日新聞社）、『幻のオリンピック』（筑摩書房）、『スペインの歴史』（河出書房新社）、『スペイン内戦―政治と人間の未完のドラマ』（講談社学術文庫）など、内戦史ならびにスペイン関連書までも含めれば、ゆうに五十冊を越える著書をこれまで出版している。

しかし、それにしても、なぜスペイン戦争なのか。著者は本書の「あとがき」のなかで、ジョージ・オーウェルの『カタロニア讃歌』を読んだのが、そのきっかけであったと述べている。このオーウェルのドキュメンタリーに触発されて、「政治の季節」といわれた一九三〇年代において、スペイン戦争に何らかの関わりをもった、イギリスの作家や詩人たちにまで興味の対象が広がり、最終的にスペイン戦争にまで行き着いたというわけなのである。

その意味からすると、本書は川成氏のこれまでの内戦史研究の集大成といえるものである。この本はすでに絶版となった『青春のスペイン戦争―ケンブリッジ大学の義勇兵たち』（中公新書）を底本にしているが、新たに入手できた史料や情報を追加し、当時のイギリスの社会・政治状況まで取り込みながら、スペイン戦争終了時からほぼ現在にいたるまでの元義勇兵の活動の全体像をまとめたものであり、一橋大学から博士号を授与された論文を下敷きにして、市販用に大幅に再編集したものである。

よく知られているように、フランコ将軍による軍事反乱によって一九三六年に勃発したスペイン戦争は、おなじ民族同士が二年九ヵ月にもわたって、血で血を洗う抗争をくり広げた、悲惨きわまりない「内戦」であったが、この戦いはまた「内戦」という範疇をこえる「戦争」でもあった。なぜなら、反乱軍にナチス・ドイツやイタリアが軍事援助をする一方で、五十五ヵ国から約四万人もの外国人義勇兵たちが、人民戦線内閣であった共和国を防衛するために駆けつけたからである。そのような国際義勇兵たちのなかに、オーウェルやヘミングウェイ、オーデンやスペンダーの姿もあった。イギリスからはまた、理想に燃える多くの無名の若者たちも参加していた。

本書はそのような義勇兵のなかでも、ケンブリッジ大学出身の六名の若者たちに焦点を合わせて、彼らの生きざまを通してスペイン戦争の意義を検証しようとしている。六名のうち共産党系の国際旅団三名（うち一名は最初のうちはPOUMの民兵隊）、国際旅団イギリス医療部隊二名、フランコ反乱軍一名という内訳になっている。それぞれが上流階級か良家の子弟であり、いわばエリートの若者たちであった。名前はジョン・コーンフォード、ジュリアン・ベル、デイヴィッド・メゲスト、マルカム・ダンバー、サー・リチャード・リース、ピーター・ケンプ。著者が一九七七年に調査を開始したとき、生きていたのはフランコ反乱軍に加わったピーター・ケンプただ一人であった。

それぞれに各一章が割り当てられ、彼らの生い立ちやスペインに行くまでの青春時代が粗述され、あえなく戦死した者は死亡時の状況が、無事帰還をはたした者はスペイン戦争後の生の軌跡までが、多くの資料や聞き書きを通して活写されている。行間からは「混迷や彷徨、挫折や絶望のくり返しかもしれない彼らの愚直な人生の、ほんの断片でも伝えることができたら」という著者の熱い思いが立ちのぼっている。ケンブリッジ大学出身の義勇兵の調査をはじめてからほぼ四半世紀。「スペイン戦争研究史の中で、こうした国際旅団をはじめとする外国人義勇兵の研究は皆無に近かった」というなかにあって、ここには著者の長年にわたる地道な内戦史研究のひとつの到達点が示されている。

文学研究とは、作家論や作品論やテクスト論だけではないのはむろんだが、本書のような歴史学的、政治学的、社会学的なアプローチもまた、日本の英文学研究に厚みを加えるひとつの研究方法であることは論をまたない。その意味でも、オーラル・ヒストリー的手法も絡ませた本書の出版は、日本人研究者による「外在批評」の大きな収穫といってもいい。

(『英語青年』二〇〇三年一二月号)

川成洋・坂東省次(編著)、福岡スペイン友好協会監修

『スペインと日本人』(丸善ブックス)

スペインは古来より日本人を魅了してきた国のひとつだ。光と影の国、闘牛とフラメンコ、第二次世界大戦の前哨戦ともなった内戦の国。スペインはむろん多面的な顔をもつ国だが、不思議と日本人を呪縛する魅力にあふれている。本書はそのようなスペインの妖しい魅力にとり憑かれた日本人たち、イスパノフィロ(スペイン愛好者)たちのスペイン礼賛と、日本との歴史的な関係を考察した、多彩な文章から成り立っている。

本書は大きくⅠ部とⅡ部に分かれている。Ⅰ部は福岡スペイン友好協会が主催した、『ドン・キホーテ』出版四百周年記念行事のパネル・ディスカションである。Ⅱ部はスペインと日本との交流に関わりがあった歴史上の人物、ないしは当地を旅行した日本人作家などに照明が当てられ、その交流史が多様な角度から解説されている。

たとえば、作家の古川薫はフランシスコ・ザビエルが生まれたザビエル城訪問記を書いている。そのほか歴史上の交流に関わるものでは、天正遣欧少年使節、支倉常長一行の子孫といわれるハポン姓の人たちの風説の真偽、スペイン人のスパイ組織に諜報活動を依頼した公使、須磨彌吉郎の知られざる過去、内戦関係では坂井米夫とジャック白井がおもに紹介されている。

文化人関係では、先駆的イスパノフィロとしての内村鑑三などが取りあげられている。ただ個人的な興味からすると、本書の白眉は何といっても、日本人作家とスペインとの関係だ。野上彌生子、司馬遼太郎、堀田善衛の三人が対象になっている。野上のスペイン訪問は『欧米の旅』に記録され、司馬の『街道をゆく』シリーズの初回がバスクであり、堀田は移住したことで有名だ。この分野の発掘は、交流史にさらに厚みを加えることが大いに期待されている。

（『東洋経済』二〇〇六年九月一六日）

川成　洋『紳士の国のインテリジェンス』

英国の秘密諜報員といえば、映画『007』シリーズの超人的な主人公、ジェームズ・ボンドがあまりにも有名だ。ボンドの世界を股にかけての活躍が象徴するように、英国は昔から「秘密情報」（インテリジェンス）を重視する国なのである。なぜなら、情報を制するものが世界を制することができるからである。

英国には大別すれば、本格的な秘密情報組織がいま二つある。陸軍情報部を前身とする「内務省保安部」第五課（MI5＝「ミリタリー・インテリジェンス。ファイブ」）と、海外の秘密情報を諜報する「陸軍情報部」第六課（MI6）である。ボンドはいうまでもなく、MI6に所属する海外諜報のスパイだが、現実の秘密諜報員はボンドよりはるかに地味で、高学歴の知性派ぞろいだ。

英国ではスパイ組織は立派な国家機関のひとつであり、最初の秘密情報組織はフランシス・ウォルシンガム卿によって、十六世紀後半に創設されている。本書では英国の裏面史を彩ってきた有名スパイたちを、「忠誠」と「裏切り」を試金石にして、その素顔と活動歴を紹介している。

第I部の「祖国に尽くしたスパイ」には、意外な大物作家が顔をそろえている。天才劇作家のクリストファー・マーロー、『ロビンソン・クルーソ』の作者ダニエル・デフォー、有名作家を偽装したサマセット・モーム、映画『第三の男』の原作者グレアム・グリーン、ジェイムズ・ボンドの生みの親である作家のイアン・フレミングなど、イギリス文学史が教えてくれない著名な作家たちの裏の顔にスポットが当てられていて、興味がつきない。

第II部の「祖国を裏切ったスパイ」では、政治がらみでソ連と内通していた英国政府の高官たち、ガイ・バージェス、キム・フィルビーなどが取りあげられているが、本書の白眉はやはり大物作家たちの裏の顔にあり、作品の読み方が変わってくること請け合いだ。

（『英語教育』二〇〇七年一一月号）

ニコラス・ランキン、塩原通緒訳『戦争特派員　ゲルニカ爆撃を伝えた男』

スペイン内戦におけるゲルニカへの爆弾投下が、ピカソに大きな憤怒と衝撃を与え、あの大作『ゲルニカ』を描かせたことはよく知られている。その衝撃的なニュースを特派員として世界に伝えたのが、本書で取り上げられているジョージ・スティアである。スティアはスペイン内戦史研究においてはほとんど無名の人物だが、ジャーナリストとして果たした功績はけっして無視していいものではない。

著者のニコラス・ランキンはかつて、BBCのワールド・サービスの人文科学系のチーフ・プロデューサーとして、ラジオ番組制作によって国連の二つの賞を受賞している。ランキンがスティアにまつわる本を書こうと思い立ったのは、ゲルニカ爆撃六十周年目にあたる一九九七年に、特集ドキュメンタリー番組が制作されたことがきっかけになっている。ランキンは番組制作の過程で、初めてスティアという人物の存在を知り、その謎にみちた生涯に興味を持ったのである。

本書はその知られざるジョージ・スティアの波乱万丈、疾風怒濤のあまりにも短い一生を追った評伝である。スティアは一九〇九年、当時イギリスの植民地だった南アフリカで生まれている。父親はケープ州東部では最大の新聞、『デイリー・ディスパッチ』の編集長であった。スティアは海外植民地のイギリス人家庭の通例にならい、教育を受けるために少年時代に本国に戻り、パブリック・スクールの名門、ウィンチェスター・カレッジを経て、オックスフォード大学を卒業している。

オックスフォード卒業後、スティアはケープタウンの新聞社で見習いをして、ジャーナリストとしての基本的な修行を積んでいる。その後イギリスにもどり、一九三三年から一年間ほど、『ヨークシャー・ポスト』のロンドン支社に勤め、それからイギリスを代表する一流紙、『タイムズ』のアビシニア（エチオピア）特派員になっている。スティア、二十五歳のときである。ここからスティアの疾風怒濤の特派員生活がはじまることになる。

スティアは特派員としての最初の赴任地、エチオピアにおいてムッソリーニのイタリア空軍が、「毒ガス禁止協定」に違反して、マスタードガス爆弾を落としているのを目撃する。それは「世界史上初めて、白いとされる人々が未開とされる人々に毒ガスを用いた」空襲であった。スティアはすぐさま打電して、『タイムズ』は一九三六年三月一七日から、前年に始まったイタリア・エチオピア戦争において、マスタードガスとオスゲンガスが大量に使われていることを報じはじめた。あわせて「まるで農薬散布機のように毒ガスを撒き散らす飛行機により、無数の農民が殺されている事実」も報道された。

しかし、スティアのこのスクープにもかかわらず、五月五日にアディスアベバが陥落すると、イギリス政府や国際連盟の抗議の声は消えてしまい、エチオピアはイタリアに併合されることで、この戦争は終わりを告げるのである。それでもスティアは『タイムズ』の特報だけで満足することなく、自分の著書『アビシニアのカエサル』でも、イタリア軍の残虐非道な大量殺戮を世論に訴えつづけたのである。

その直後といってもいいが、ナチスのオリンピックが開催されていた一九三六年の夏、スティアはふたたび『タイムズ』の特派員として、フランスとスペインの国境に向かっている。一九三六年七月一八日、スペインで内戦が勃発したからである。フランコ支配下のバスク地方からの入国であったが、スティアの直近のアビシニア報道を知っていたこともあって、彼はたちまち危険人物として反乱軍の支配地域から追放されてしまうのである。フランコ派の報道局の検閲官、ルイス・ボリンが批判的なジャーナリストを排除して、従順なジャーナリストだけに便宜を図ったからである。結局、スティアは共和国側から取材することになるのだが、特派員としての運命のめぐりあわせなのか、スティアはゲルニカ大爆撃に遭遇することになるのである。

ゲルニカという街は、「中世の代々のスペイン王によってバスク人の憲章が承認された場所」であり、バスクの「自由の歴史的中心地」であり、「文化的要塞」ともいえる街であった。その神聖なる古都ゲルニカにたいして、フランコ陣営を支援するナチスの「コンドル軍団」が大空襲をかけたのだ。空襲は三時間以上にわたって行われ、ゲルニカは壊滅的な打撃を受けることになった。スティアは『タイムズ』に寄せた「ゲルニカの悲劇」という四月二八日付けの記事のなかで、「数千の焼夷弾が火災を起こし、その火災によって木造建築の多い古いゲルニカの街が、そこに住む大勢の人々とともに破壊された」ことを明らかにしたのである。無差別爆撃がひとつの街をまるごと破壊してしまったのである。

ヒットラーはフランコの支援要請に応じて、数千人のドイツ空軍部隊をスペインに送り込んでいたが、一九三六年末から三七年初めにかけて、スペインにきていたドイツ兵の総数は、およそ一万三千人から一万四千人ほどだといわれている。加えてムッソリーニのイタリアもスペインに派兵して、スペイン共和国にたいするファシストの反乱を支援したため、この戦いは「スペイン市民戦争」や「スペイン内戦」どころか、より国際的な広がりを持った「スペイン戦争」の様相を呈していたのである。ゲルニカ空爆の犠牲者は千人とも、ことによると三千人ともいわれている。

このようなゲルニカの悲劇について、著者のランキンは次のような総括をしている。「この一九三七年に文明化されたヨーロッパで起こった出来事は、白人の一般市民に向けて爆弾を投下し、火災を起こさせ、機銃掃射を浴びせたものであって、それはやはり人々を震撼させた」。軍事史の観点からみると、このゲルニカの悲劇は白人の一般市民を標的にしたはじめての空爆であり、非戦闘員までふくめた敵の大量殺戮のはじまりでもあったのだ。ドイツ軍にとって、ゲルニカ爆撃は「技術的な予行演習」であり、スペインはそのための「格好の練習場」でもあったのである。

スティアは『タイムズ』の特報記事のほか、二冊目の自著となる『ゲルニカの木』（一九三八年）という本も書いている。表題となった「ゲルニカの木」とは樫の木のことであり、その木の下で歴代のスペイン王がバスクにたいして、地方自治権を認める特許状を手交したことから、ゲルニカでは樫の木はバスク民族主義の象徴となっている。スティアはこのような自著を通しても、ゲルニカでの無差別殺戮を世界に伝えようと努力したのである。ピカソが大作『ゲルニカ』のインスピレーションを得て、三週間で有名な絵画に仕上げたのも、爆撃の様子をもっとも詳細に伝えたスティアの特報記事が、フランスの各新聞に翻訳転載されたからであった。

その一方で、スティアによるゲルニカ空爆の特報は、広報面でフランコ側には大打撃となった。イギリスでは一九三七年の夏を通して、ゲルニカ爆撃をめぐるプロパガンダ戦が熾烈をきわめることになった。フランコ反乱軍は「共産主義者が自らゲルニカを燃やしたのだと人々に信じさせること」を狙ったが、虚偽のデマ宣伝だったためにさして効果がなかった。また同じ特派員のなかには、スティアの特報記事を否定する者もいたが、スティアはそれにいちいち反論して、あくまでも真実を伝える姿勢を貫いたのである。これは民主主義者とファシストによる「メディアによるプロパガンダ戦」でもあった。別の見方をすれば、特派員がどちらの陣営に思想的軸足をおいて報道するかによって、その報道内容が大きく異なってくるこれは見本でもあった。

たとえば、みずからもスペイン内戦で民兵として戦った経験をもつ、ジョージ・オーウェルの書評が本書のなかで引用されている。それはスティアの『ゲルニカの木』についての書評で、一九三八年二月に『タイム・アンド・タイド』に掲載されたものである。その書評のなかで、オーウェルは「著者が何を自分の目で見たのかがまったく明瞭でない」と指摘し、「彼は自分の記録する事実の大半にまったく出典を示していない。それらの事実は個人が観察しただけでは知りようのないものだ」と不満を洩らし、そのあとで次のように記している。

スティア氏は完全にバスク人の立場から書いており、ある人種を称えるときに必ず別の人種を引きあいに出して叩くという、イギリス人特有のおかしな傾向を非常に強く示している。親バスクである彼としては、どうしても反スペインにならざるをえず、反フランコのみならず反政府にまでなってしまっている。

この批判はランキンによれば、「スティアはあまりにもバスクの民族主義と神話に肩入れしすぎて、実際にはバスク人よりも多くの犠牲者を出した非バスクの左派の兵士に対して不当な見方をしている」という不満に起因している。スティアは自著『ゲルニカの木』において、バスク民族をあまりにも好意的に書きすぎたのであろうが、ゲルニカの空爆と大量殺戮についての特報記事では、まちがいなく真実を伝えているのである。

スペイン内戦後の一九四〇年、スティアは『デイリー・テレグラフ』の特派員として、今度はスターリンによるフィンランド侵攻を取材している。スティアはフィンランドから次のような記事を送っている。「ロシアの爆弾と焼夷弾と集中砲火が、かつて七万三千人が住んでいた都市を粉砕し、いまではもう住民は一人も残っていない。（中略）このような惨状を見たことがあるのはほかに一度しかなく、それはバスクの古都ゲルニカで、ドイツの爆撃機が繰り返しそこを襲撃したあとだった」。

ロシアとフィンランドとの休戦協定後、ジャーナリズムの世界を離れたスティアは、イギリス陸軍から少尉に任官され、「戦場宣伝隊」の任務につくことになる。イギリスに亡命中のエチオピア皇帝を率いて、エチオピアで反乱を起こし、イタリア軍に大打撃をあたえる計画に参画し、最終的にハイレ・セラシエ皇帝が復位することに尽力するのである。

この皇帝復位を実現させたあと、スティアは意外なことに、一九四一年九月に連合国最高司令部中東軍に配属になる。その後、軍事情報部の特殊作戦局のなかに新説される、「インド戦場放送隊」の開設と指揮を取るために、スティアは一九四三年一月にビルマとインドの国境地帯に着任する。主たる任務はビルマを占領していた日本軍の戦意をくじくことにあった。そのためにジャングルのなかで、拡声器を使って日本語で投降を呼びかけたり、郷愁をそそる感傷的な日本音楽を流したり、あるいは祖国に帰りたくなるような詩をビラに載せたりと、スティアはさまざまな宣伝活動を展開するが、はかばかしい成果は得られない。なぜなら、ランキンによれば「二十世紀の日本の軍部は、兵士たちに投降が絶対的な恥辱であり、恐ろしい結果にしかならないと思いこませていた。（中略）投降は自分ばかりか家族、部隊、国民、天皇を辱めることだった」からである。

そして一九四四年一二月の最後のクリスマスの日。スティア中佐は「インド戦場放送隊司令官」として、キリスト教徒主催の運動会に行くために、ジープに部下を乗せて出発する。そのジープがカーブを曲がりきれずに、お茶の木の茂みのなかに突っ込んで、スティアは死亡してしまうのである。享年、三十五歳のあまりにも若すぎる死であった。

ジョージ・スティアは五年間にわたって、エチオピア、スペイン、北アフリカ、南アフリカ、スカンジナビアなどで反ファシズムの記事を書いてきた。そして、最後は日本軍が支配するビルマで、日本兵の戦意喪失を目的とする宣伝活動に従事した。その過程でジャーナリストとして、イタリア軍によるエチオピアでの毒ガスの使用、ドイツ軍がゲルニカに爆弾を投下して、一般市民を大量殺戮したことなどを、新聞記事や自著を通して世界に知らせてきた。とりわけ化学兵器の使用が近代戦争において大量殺戮をもたらし、その心理的な悪影響が現代にまで及んでいることを明らかにした。本書から読者として学ぶべき大きなことは、権力による情報操作の恐さであり、だからこそジャーナリズムは迎合ではなく勇気を持って、権力をたえず監視しなければならないということである。第二次世界大戦中、日本のジャーナリズムが大本営発表を無批判に垂れながし、国民を誤った方向に誘導したのはそれほど遠い昔のことではない。

（『スペイン現代史』第一七号、二〇〇八年一二月）

Ⅳ 紀行文

セントルイス・ブルース

巨大な太陽が、果てしなく続くゆるやかな牧草地を赤々と染めあげながら、まだ明けきらぬ起伏の多い国道を疾走する中古のキャデラックの窓いっぱいに拡がっている。ハンドルを握るジミーの産毛が陽を浴びて黄金色に輝いては艶めき、まるで何かべつの生き物ででもあるかのように、不思議な気分でわたしを包み込む。新婚のスジェンは生まれて間もない子供を抱き寄せると、黒目がちの知的な眼を光らせては、車窓を流れ去る雄大なアメリカに心を弾ませている。あの時たしかにわたしは、国境を越えたひとつの愛に感動していたはずなのだ。

一年前の夏。わたしたちはセントルイスに行こうとしていた。台湾人留学生のスジェンがジミーと結婚したので、セントルイスにある移民局で帰化についてのしかるべき手続きが必要になり、よかったらと運転手役のジミーから、ある論文に没頭していたわたしに誘いがかかったからである。ミズリー州の小さな町にある州立大学の大学院で、アメリカ文学とイギリス文学を勉強していたわたしの眼には、セントルイスは伝説的で幻想的な都市に映っていたせいもあって、ジミーからの親切な誘いはまさに渡りに船だった。

ジミーは実際のところ、アメリカ人の学生にしては珍しいほど物静かな男だった。とび色の眼は深い静謐をたたえていて、もうそれだけでも、彼の柔和な人柄をしのばせたのだが、スジェンとの国際結婚にまつわる煩瑣な事務手続きも処理しているように見うけられた。詩人になることを夢みるだけあって、他人に対する優しさと深い洞察力があり、とくにアジアからの留学生に対しては異常なほどの親切心を示した。そこには東洋の神秘へのエキゾチックな憧憬を越えた、ある不可思議な感情が介在しているはずだ、とわたしは思っていたのだが、あとで知ったところによると、彼には微量のインディアンの血が流れているらしかった。

こんな過去の個人的な体験を述べたのはほかでもない、風の便りにジミーの離婚のことを聞いたからである。二人のあいだにどのような隠微な感情のもつれがあったのか、どのような心理的葛藤やら愛憎の念が交錯したのか、当事者でもないわたしには分からぬことである。ただ伝え聞くところによると、ジミーは韓国からの留学生に新たな愛を感じる一方で、アメリカで教師の職をえたスジェンとの関係も維持しようとしたらしい。しかし、愛の力学からいっても、このような関係はいずれ破綻する運命にある。彼はその後、自動車事故で九死に一生を得たものの、スジェンとの愛に亀裂をもたらす原因を作ったことはまちがいない。破局は当然なのである。

アメリカの友人のこの悲劇がわたしに教えたことは、やはり民族の異なる人間同士の相互理解の困難さであった。たぶん、異国人どうしが理解しあうという行為には、意思の伝達手段としての言語を超越した、ある何物かが存在するのであろう。この人種や国境を越えて存在するはずの、人間と人間を共通に結びつける感情こそがおそらく、世界文学という概念を存立させる基礎であり、ここに文学が人間の魂を揺り動かし、ある種の精神の浄化をもたらし、社会的・人間的な自覚をうながす潜勢力をもちえる根拠が潜んでいる。

　ともあれ、外国人を理解しようとするとき、わたしはこの人間と人間とをつなぐ共通感情といったようなものの認識こそが、語学力の練磨におとらず重要なことに思われてならないのである。要するに会話能力だけが、外国人を理解するための唯一の武器であると盲信することは危険このうえないことであり、それを越えた人間としての他者に対する共感能力、つまり人間的誠実さをもって相手を理解する能力が必要である、とわたしは言いたいだけなのだ。なぜなら、陰影にとむ人間心理のひだにまで分け入り、相手の人間性や固有性を認識しつつ対話することは、語学能力の壁もあって、われわれ日本人には達成することが困難なことであるからだ。

　いずれにせよ、国際理解の重要性が叫ばれてから久しい時が流れた。いわゆる国際化時代をむかえて、民族的・文化的背景を異にする人間同士の相互理解の必要性が再認識されつつあるが、外国人どうしの心からの相互理解は口でいうほど容易ではない。しかし、絶望と諦観からは満足すべき結果がえられないのは自明のことである。必要なのはたぶん、絶えざる外国語の修練だけでなく、民族と民族とのあいだに横たわる超えがたい溝に架橋する努力、要するに人間的な誠意をもって相手を受容する能力、そのために幅広い人間性を養うこと、それに尽きるのではなかろうか。

（『大東文化大学新聞』一九八二年一月一五日）

マレーシア幻視旅行―金子光晴とコンラッドの足跡を求めて

タイペイを経由してきた飛行機が滑るようにクアランプール空港に着いたのは、この熱帯の国にも夜の闇が落ちるころであった。地図でみると指呼のあいだと思えるほどの距離なのに、同じアジアでありながら不思議と遠い国に思われたのは、日本から引きずってきた疲労のせいだったのだろうか。押され、踏まれ、馴れあいながら、限られた都市空間のなかを肉体の反復運動をくり返してばかりいた、砂を嚙むような単調な日本での生活の反動のせいだったのだろうか。

羽田を飛び立ったときは真冬で、厚手の防寒服が必要であったのに、マレーシアの首都の空港（スバン国際空港）に降り立つと、南国特有のぬめっとした温気が身体を包みこんできた。蛇腹のようにぬめぬめしているくせに、どことなくしんやりとした熱気をはらんで、僕の皮膚感覚を刺激してくる。日本では感じたことのない不可解な感触だった。東南アジアを旅するのは初めての経験だったので、僕の胸を影のような不安が交錯していたのは確かだったが、入国審査のカウンターを通過し、親日的で陽気なマレー人の税関検査を終えるころには、未知への期待と興奮が意識を支配しはじめていた。

背後に黒々としたジャングルを従えたスバン国際空港は、日本で想像していた以上に近代的な明るさに満ちていた。金子光晴やジョウゼフ・コンラッドが漂泊者や船乗りとして眼にしたはずの、灼熱や陽光のふりそそぐ、虚無をたたえた混沌たる世界を期待していた僕は、ふと裏切られたような気分に陥ったが、空港の到着ロビーに足を踏み入れた瞬間、僕は自分の印象が間違いであることを思い知らされた。

多民族国家らしく、そこはマレー語や中国語やタミール語、それに英語などの異言語が飛びかう喧騒に支配された、混沌たる世界であった。人々の熱気にあてられ、空気は澱のように淀み、停滞し、やがてぶつぶつ発酵しては異臭を放つなかを、束縛を解かれた無数の言葉が機関銃のように乱射されていた。この加熱した東洋の活力に圧倒され、僕たちはとまどい、困惑して、ロビーの一角に立ち尽くしていた。

マレーシアを訪れたのは、学生時代の友人がイギリス留学中に知り合った、中国系マレーシア人女性に再会するというので、便乗を許してもらったからだった。同行者は僕と妻、それに友人の高校教師夫妻であったが、僕の気持ちの底では、敬愛する詩人、金子光晴が『マレー蘭印紀行』で描いた世界を、コンラッドが西欧との文化的落差を感じた世界の感触を、自分の眼を通して少しでも追体験したいという強い欲求が働いていた。

そこにタイミングよく、僕たちのいわば現地案内人のスクホンが現れて、僕たちは窮地を脱することができたのだった。彼女はマレーシアでも富裕な家庭のひとり娘で、建築デザインを専攻していて、まだイギリスの大学に在学中であったが、冬の休暇で戻っていたボルネオ島の北東部に位置するサバ州の州都、コタキナバル（「からゆきさん」で有名なサンダカンはキナバル山をはさんで反対側にある）から、空路クアランプールまで駆けつけてくれたのであった。中国語、英語、マレー語を流暢に使い分けることのできる彼女は、僕たちを日本人とみて執拗に食らいついてくる客引きを適当にあしらいながら、空港から市街地までのタクシーをすぐに調達してくれた。

彼女との意思の疎通は英語を介してであったが、その微かに中国語の訛りのある英語に耳をそばだてながら、僕は車窓に広がる熱帯の闇を見つめていた。神秘と静寂をたたえた漆黒の闇は激しいスコールに洗われ、うち萎れているように見えたが、やがてスコールが走り抜けると、高速道路を縁どる熱帯樹林のあいだから濃度を増して、優しげに滲み出てくる。そこには疲れた旅人を限りない優しさで包み込んでくれそうな風情があった。僕の心は羊水に浮かぶ胎児のように、たゆたい揺れていた。

距離と空間の地理的移動が旅なら、ここにはまさしく旅なるものが存在した。ホテルに向かうタクシーの車窓から見えるのは日本とは異質の空間であり、非日常的な経験への軽やかさと華やぎとを秘めた、スリリングな期待感があった。それがたとえつかの間の幻視で終わるにせよ、異質のものとの邂逅と触発はあきらかに魂を揺るがせ、精神の解放と充足をもたらし、僕たちを煩雑な日常性から解き放ってくれるはずなのだ。端的にいえば、これが旅情というものであり、能面だらけの日本の満員電車からでは得られない、旅の魅力なのだと僕は熱帯の闇のもつ親和力に、いわば全身で感応していた。

クアランプールは近代と前近代、豊かさと貧しさがせめぎ合っているような都市である。このマレーシアの首都は「シティー・イン・ザ・ガーデン」と謳われているように、東南アジアでも有数の緑に恵まれた、美しい観光都市でもある。しかし、高層ホテルの窓から見おろすと、超近代的なビルが林立している背後に、隠花植物のようにひっそりと影のようなスラム街が広がっている。熱帯の光と闇が交錯する都市の風景のなかで、あたかも不浄なもののように、近代という聖なる空間から排除され、病原菌や異物として、その存在が意図的に否定されているような印象もうける。かつての悪夢のような「海外雄飛」の思想と根元ではつながっているはずの、異国情緒のコピーを見てまわるだけのジャル・パックのルートからも無視され、ただひとり人目をしのんで佇んでいるような風情があるのだ。その地区だけは経済的な発展からも取り残され、陽光も射さぬじめじめした異質の空間を形づくっているように思われた。

しかし、一時的な滞在者の眼にたんなる影と映ったのは、ごく表面的なものに過ぎなかったようだった。いったん影である地区に足を踏み入れると、印象はまるで異なって、庶民の生きることへの執念を見せつけられることになったからだ。チャイナタウンやマレー人居住地区のいたるところにサンデー・マーケットと呼ばれる市場が開かれていて、屋台や露店がひしめき縺れあいながら、人間の食欲と消費欲を刺激しにかかってくる。そこは人間が生きるためのありとあらゆる物が、売られ、買われ、食べられ、飲まれるところであった。

この旺盛な食欲とたくましい生命力の支配する市場は、まさに「歓喜の市」としか呼びようがなかった。まるでいつか映画でみたことがある、敗戦直後の日本の闇市を想起させるところがあった。すべてが混沌と喧騒のただなかにあった。炎熱をのがれて、物陰にぐったりと横になっている犬や猫でさえも、この猥雑なエネルギーに満ちあふれたところでは、風景の一部を構成するかけがえのない存在に思われてくるのだ。マレーシアの政府機関の超高層ビル群がたちならぶ地域の清潔さと機能美はむろんないが、大地にしっかり根を下ろしているとでもいうのか、縛られた肉体と気分を解放してくれるような、どことなく人を安逸に誘ってくれるところがあった。

翌日、僕は同行者たちと別れ、単独歩行者さながらに、ひとり旅愁を求めてクアランプール市の見物に出かけた。十二月末だというのに強烈な陽射しが肌を焼き、まるで地獄のような炎熱のなかを汗を噴きだしながら、裏町から裏町へと陰を拾いながら歩いた。とりわけ見物したい名所旧跡もなかった。ただ風に吹かれるままに、全身の毛穴という毛穴から汗を噴きださせながら、黒光りのする肌の人たちのあいだを流れてゆきたかった。表通りの西欧的で着飾ったたたずまいとは対照的に、中国人やマレー人やインド人などの貧民が多く居住する裏通りは暗く、すえたよう異臭が漂っていた。子供や老婆が驚くほどキラキラする眼で、壊れかけた粗末な小屋の奥から僕を見つめていた。

午後は昼寝の時間でもあるのか、近代的で巨大なビルの裏にある小さな公園の木陰に腰をおろして、たくさんのマレー人の男たちが人生に疲れたような顔をして、道行く人たちをうつろな眼で眺めている。視点の定まらぬ、なにを見るともないその眼の奥に、東洋的な諦観じみたものが宿っているようだった。どう生きようと人生は人生なのだと、その眼が語っているみたいだった。その黒い無言の男たちの近くで、中国人らしい若者が三人、日本製の大型バイクを買った記念のためなのか、満面に笑みを浮かべて写真をとっている。

騒々しいその若者たちをのぞけば、公園はひっそりと静寂に包まれている。ヤシの木が南国の午後の陽にじりじり焼かれ、眼をあげると、葉群のあいだから巨大なドーム型をした、イスラム様式の回教寺院が顔をのぞかせていた。すべてが狂おしいほどの灼熱に焼かれているのに、そこだけが現世から超然と屹立し、異国からきた旅人を寄せつけぬような峻厳さをたたえていた。壁は赤と白の横縞模様に彩られ、白亜のドームのうえでは鋭利な尖塔がいくつも天を突いている。まるで神秘と静寂が漂い流れてくるようだった。これは陰影も屈折もなく実利と活力だけの国、アメリカでの一年間の留学でも感じたことのない、不思議な心の動きであった。

ここではあらゆるものが混在している。マレー人も中国人もインド人も、回教も仏教もヒンズー教もそれぞれ、民族的・文化的な相違をはらみながら危うい調和を保ち、苛烈な灼熱のもとで虚無をたたえた混沌たる世界を形づくっていた。

＊

クアランプールからペナンまでのバスの旅もまた凄絶なものであった。炎天と砂塵のなかをゆうに八時間を越える長旅であったが、いわば現地の人々との肌つき合わせての旅でもあった。好奇心とかすかな警戒の色を顔に浮かべながら、だれも僕たち日本人には話しかけようとはしなかった。冷房の故障した旧式のバスは熱気をはらみながら、強い陽射しに焼かれ、スコールに見舞われながら、あえぐようにゴム林やヤシ林のなかを進んだ。大きな町に到着するたびに、長髪を油でてかてかに光らせた中年の中国人が町の名前をつげると、貧しい身なりのマレー人やインド人などが悪臭を放ちながらバスを降りて、密林のなかの小屋に消えてゆくのであった。

光の乱舞する自然の豊饒のなかを、マレー半島を北上するバスの車窓に広がる緑がやけに眼にしみた。わけてもスコールに洗われたあとの木々は、干天の慈雨に会ったかのように生気をとりもどし、極彩色の緑をいやがうえにも誇示して、自然の営みの凶暴さを見せつけた。やがてジャングルが切れると、のどかな田園風景が視野のなかに入ってきたが、その肥沃な田園と住宅地域が接するあたりに、日本から進出した有名な企業の現地工場が点在し、その灰色の屋根がいかにも陰気くさく南国の灼熱にさらされていた。それからバスがふいにスピードを落としたかと思うと、交替で休んでいた運転手がとつぜん立ちあがり、大声でイポーという町の名前を告げた。

イポーはクアランプールとペナン島のほぼ中間に位置し、マレーシア第三の大きな町であったが、首都クアランプールのもつ仏教圏とイスラム圏との接触と融合がかもしだす神秘的な異国情緒は感じられなかった。いまは観光地になっている西海岸のパンコール島や古い港町のルムットへの中継地ということのほかは、なんの変哲もない町でしかないのだが、ただイポーという名前をふいに耳にしたとき、僕は反射的に金子光晴のマレー半島放浪の旅を思い出したのだった。

昭和四年、金子光晴はヨーロッパ放浪に出かける途次、シンガポールに立ち寄り、そこで妻の美千代を先にパリに出発させたあと、自分のヨーロッパ行きの旅費を工面するために、日本人経営のゴム園で絵を売りながらひとり、マレー半島をほぼ一ヵ月かけて放浪したのだった。その根なし草のようなあてどない漂泊の旅の過程で、光晴はクアランプールからペナン島のメダンに行く途中で、イポーの町を通り過ぎていたのだ。その後の昭和七年にも、いわば生活不能者の光晴は妻をアントワープに残したまま、ひとりマルセイユからシンガポールまで戻り、日本に帰国するための旅費を調達する目的で、以前とおなじルートで四ヵ月程ふたたびマレー半島を放浪して回っている。この二度目の放浪の旅は『西ひがし』という自伝に結実したが、そのなかで光晴はこのペラ州の首都イポーについて触れ、「連邦州と回教の首都で、みごとな大王椰子の並木路のあいだから寺院のドームがみえ、僕が鶏にでも変身しないかぎり、用のないところだ」と記述している。

バスの車窓からみたイポーの町並みは、僕にも同じような印象をあたえたのだが、いずれにしても水が流浪するがごとき、苦難にみちたマレー半島放浪の旅から光晴が得たものは、日本人として「なんとなく肩身の狭いおもい」をしながらも、困窮する現地の生活者にたいする認識を深めたことだったように思われるのだ。言葉をかえていうなら、文明の仮面をかぶりながら東南アジアを奴隷化し、搾取するヨーロッパや日本にたいする、現地人と一体化した視点からのおなじ下層生活者としての怒りだったように思われるのだ。というのは、光晴の視線はたえず最底辺でうごめく、現地の被支配者と彼らの生活のなりわいに向けられているからである。異国情緒にあふれた風物や風習にではなく、底辺を這いまわっている庶民たちの赤裸々な人間存在、その悲哀と狡猾さを自分のものとして受けとめているからである。

このような自己認識の深まりと批判精神の獲得は、光晴の東南アジア放浪の収穫であったが、それは同時に彼の詩業をつらぬく詩的鉱脈のひとつとして、『鮫』や『女たちへのエレジー』、そしてエッセイの『マレー蘭印紀行』などに見事に結晶化している。炎熱や熱病とたたかいながらの困難な異国放浪の自己体験を、水晶のような視覚的・触覚的な散文に昇華した『マレー蘭印紀行』のなかで、光晴は人間愛と人間不信の矛盾した情念に苦しみながらも、「熱帯地の陰暗な自然の寂寞な性格」を読者にあますところなく伝えている。東南アジアの原始の自然が、川霧につつまれた深い暗黒の森が、そこでは「人も、世界も溺らせ、大海よりもふかく、大きく、全身を揺さぶってざわめきはじめる」ように感じられるのだ。そして軍国主義に支えられた植民地主義の先兵として、日本人たちが東南アジアの奥地でゴム園を拓くために、森を焼いているのを目撃した光晴は次のような感想を記すのである。

人間が、犠牲をものともせず、おのれの富の無限をくらべようとした非望も、広大無辺な森のなかに一つ二つ、けちな砂利禿をつくったにすぎない。

原始の圧倒的な自然のまえでは人間は卑小な存在でしかありえない、という認識は光晴だけのものではない。しかし、ここには自然＝東南アジアを開墾というかたちで侵略する者たち、「尊大、倨傲で、面積の大きな、あらい、すがりどころのない冷酷な、青砥のような横っつら」（「鮫」）を持つ者たちにたいする痛烈な皮肉と弾劾の念が隠されている。なぜなら放浪する光晴が、東南アジアの穢れなき自然から感得したのは、「文明のない、さびしい明るさ」（「ニッパ椰子の唄」）なのだから。

光晴のこのような人間存在そのものに関わる、東南アジア体験の核心は詩集『女たちのエレジー』に収められている、あまりにも有名な「洗面器」という詩のなかで凝縮して表現されている。

洗面器のなかの
さびしい音よ。

くれてゆく岬《タンジョン》の、
雨の碇泊《とまり》。

ゆれて、
傾いて、
疲れたこころに
いつまでもはなれぬひびきよ。

人の生のつづくかぎり

耳よ。おぬしは聴くべし。

洗面器のなかの

音のさびしさを。

＊

バスがふたたび咳こむように車体を震わせると、光晴が流浪者として足跡をしるしたイポーを出発した。バスはまた密林のなかの緑を縫い、ふいに襲ってくる驟雨に打たれながら、水しぶきをあげて山道を進んだ。起伏の多い山中の道はつづらおりに蛇行し、西海岸の鈍色の海につづいていた。いつのまにか乗客は疎らになっていて、ペナン島に渡るカーフェリーの桟橋のある対岸のバターワースにたどり着いたとき、残っていた乗客は僕たち日本人のほかは、観光旅行中のオーストラリア人の若者ひとりだけであった。

バターワースからペナン島の中心地、ジョージタウンまではフェリーで数十分の近さであったが、ちょうど帰宅時間にあたっていたためかなり混雑していて、原色の派手な衣服を着込み、首からカメラをぶら下げた外国人観光客のほかに、一日の仕事をおえて島に帰る現地の人たちも大勢乗りあわせていた。観光客のうきうきした様子とは対照的に、現地の人たちは労働の疲れなのかおし黙ったままだった。傾いた陽が鉛色の海面を赤々と染めあげているなかを船は、静かな海に長い航跡を曳きながら、旅情たっぷりに対岸の町をめざして進んだ。ジョージタウンの港に近づくにつれて、ホテルの高層ビルの明かりやネオンサインの明滅が、長いバス旅行で疲れきった僕たちの心を慰めてくれた。

夕暮れの海の静謐と沈黙を走りぬけて、フェリーがジョージタウンの港内に入ると、ネオンサインの輝きはひときわ強烈さを増し、それが海面に反射して、色あざやかな光の乱舞を演じていた。下船して埠頭に立つと、僕たちをぬかりなく日本人と見抜いたタクシーの運転手たちが、口ぐちに「ダンナ」とか、不思議なことに「アジノモト」とかと声をかけてきて、さかんにタクシー利用を勧めた。結局、その夜の宿がまだ決まっていなかったので、僕たちは二台のタクシーに分乗して市街地に入った。市街地は思いのほか暗く、車窓から外に眼をやると、点在する高層の建物のあいだに牛の背を想わせるような格好で、黒々とした小高い丘が夕闇に紛れてうずくまっていた。

ペナン島はもともと、イギリスの東インド会社の占有地として発達してきた歴史をもっている。ペナン州立博物館のまえにその銅像が立っていることからも分かるが、この地はイギリス人のフランシス・ライトによって発見され、東西貿易の要衝として栄えてきたのであった。イギリスの植民地統治の跡をしのばせるように、街にはイギリスの雰囲気が漂っているのはむろんだが、華僑やマレー人も多いため異民族混合のえもいわれぬ風情も色濃く漂っている。

この異民族融和はその底に人種的な対立をはらみながらも、文化や政治にも反映して、ペナンをいわばひとつの宗教の坩堝にしている。ジョージタウンの市街地を散策するだけで、キリスト教のセントジョージ教会の白い尖塔、赤い屋根と緑の龍の彫刻に特徴のあるクアンインテン寺という中国寺院、アラビア風の金色の塔が美しいカピタンクリン回教寺院などの威容が眼にとまり、そこだけ世俗から超然として、異質の空間を形づくっているようだった。とくに市内にいくつかあるアラビア風の回教寺院は異彩を放ち、敬虔なマレー人信徒たちが聖地メッカに向かって、アラーの神に祈りをささげる姿には、近づきがたいその場を緊張させるような峻厳さがあった。市内の喧騒のなかをトライショーと呼ばれる輪タクが走り回っていたが、少し路地に入れば、街のいたるところに神秘と静寂が流れていた。

ペナンは東南アジア有数の観光保養地らしく、白亜の超近代的なホテルも海岸べりにいくつも立ちならんでいるが、異人種混交の歴史の重みを伝える異国情緒にあふれ、ゆるやかに起伏する山々の緑、輝くばかりの白い砂浜、青く澄みきった海の色なども魅力的な土地であった。その輝く熱帯の海のきらめきを見つめながら、僕はふと生きるためにこの地を放浪し、熱帯の激しい陽光のむこうに深い闇をみた金子光晴と同じように、船乗りとしてこの未知の東洋を訪れ、その文化的な衝撃をロマンティックで実存主義的な小説に結晶させたポーランド生まれのイギリス作家、ジョウゼフ・コンラッドの生の軌跡をも想起せざるをえなかった。

「むこうむきになっているおつとせい」たる光晴と異なることなく、コンラッドもまたポーランド人という異端者としての視点から、光のむこうに闇を、生のむこうに地獄を透視せざるをえなかった作家だった。コンラッドをそのような表現態度へと促したもののひとつは、疑いもなく祖国ポーランドの歴史に関係している。ポーランドの歴史は隣接強国による侵略と分割のそれであり、たとえばロシアやプロシアやオーストリア・ハンガリー帝国などの恣意のままに、国土が占領、分割、併合されるという弱小民族としての屈辱と悲哀を味わってきたからである。この祖国を幾度となく喪失したという屈辱感は、陰に陽にその作家意識に投影されて、微妙な陰影をつくりながらコンラッドに特有の作家的視座を提供したからである。金子光晴が放浪という苛酷な東南アジア体験によって、世界や国家や制度を外側からながめる表現態度を身につけ、詩という韻文形式や紀行文などを媒介にして、そのころ植民地膨張に狂奔していた日本の軍国主義を批判できたように、コンラッドもまた『闇の奥』のなかでポーランドという非西欧的な視座から、西ヨーロッパの帝国主義と植民地主義の虚妄と、その悪辣さを部分的に描くことができたのである。

ヨーロッパや日本の植民地支配や抑圧を告発し、被抑圧者の側に身をおくという作家的態度は、異論もあるがコンラッドにも金子光晴にも共通する要素であり、彼らにそれを可能にしたのはポーランドと日本という民族的・地理的条件を別にすれば、やはりその異国体験に求められるはずである。コンラッドだけに限定するなら、『闇の奥』の主人公クルツと語り手マーロウとの関係性のなかに象徴的に描かれた、悪夢のようなコンゴでの体験を度外視するなら、それはイギリス船の船員や船長として訪れたシンガポールやバンコック、あるいはマレー半島やマレー諸島などの東南アジア体験に負うところが大きいといえるのである。

コンラッドもまた東南アジアのきらめく陽光と炎熱のむこうに、混沌たる虚無の世界をみた作家のひとりだった。たとえば、コンラッドは海の絆で結ばれた中年の仲間に、マーロウが自己の体験談を語る物語『青春』のなかで、さまよえるユダヤ人さながらに苦難の航海をしいられながら、ニューカッスルからバンコックまで行く石炭運搬船ジューディア号の悲運を描いている。このジューディア号は暴風に翻弄されたあげく、インド洋上で船火事を起こし、乗組員たちは命からがらボートで脱出するが、それからの彼らは炎熱とスコールとたたかいながら、何十時間もボートを漕ぎつづけたはてに、スマトラ島とおぼしき東洋のある内湾に漂着するのだ。しかし、疲れはてたマーロウを待っていたのは青春の熱狂でも歓喜でもなく、青春のもつ無邪気な夢想を拒絶し思惟を無化するような、神秘的で謎のような東洋なのである。山々の黒々とした輪郭と濃密な木々の繁茂、周囲には光も音もなく、ただ花々の芳香と死のような静寂があるばかりである。

これほどまでに古く神秘的で、これほどまでに輝きながらも陰うつで、生気にあふれながら変わることのない、危険と期待にみちた東洋なのだ。

若い二等航海士マーロウの眼にうつる東洋は、ここでは西欧的な認識の枠組みをつきくずすものとして現前化している。青春とは歓び、危険、愛、徒労、はては死へと人間を誘いながら欺くものであるとするなら、マーロウも通過儀礼としてそれを体験しているのである。ここに現前化している強烈な陽光と死臭にみちた東洋という抽象的な概念は、金子光晴の言葉を使うなら「人を深淵に追い込んでくる」(『マレー蘭印紀行』)ものと位置づけることも可能になってくる。コンラッドの『青春』はほぼ自己体験の忠実な再現といえるような作品だが、光と闇ならびに生と死の象徴性を駆使して、個人の内面での西洋と東洋の衝突がもたらす落差を、若いロマンティックな主人公の理想と幻滅に仮託して見事に描ききっている。

このように見てくると、コンラッドと金子という二人の非西欧人の感性とその東南アジア認識には通底するものがある。自然を超越的な存在物とみなし、人間の知では本質的に支配することができないものとする、共通の認識が伏在していたことが理解できる。東南アジアやアフリカ大陸などの、原始の胎動を伝えるような手つかずの自然にまつわる認識論的描写は、コンラッドの場合には『闇の奥』のコンゴ河遡行の場面や短編『潟』の冒頭部などにおいてシンボリックに表現されている。他方、金子光晴の場合には、すでに言及したように、『マレー蘭印紀行』やその詩業なかに典型化されている。結論めかしていうなら、これら二人の文学者にそのような認識と表現を可能にしたのは、二人に共通する非西欧的な民族性であり、個人に画一化を押しつけてくる国家や社会通念の束縛から、たえず逃れようとする作家的態度にあるといってもいい。

＊

ホテルの窓から見おろすペナンの市街地はすっかり闇にとざされ、静寂のなかで息を殺して新年を迎えようとしていた。やがて教会の鐘が鳴り響くのを合図にして、市街のいたるところでバイクの爆音がはじけ、おびただしい自動車のクラクションが鳴らされあと、新しい年を祝う若者たちのバイクや自動車の大群が、オレンジ色の街灯の光のなかを黒い塊となって疾走した。歓喜の爆発のような声をあげて疾駆する野放図な若者たちを見ながら、僕はまた放浪者や船乗りとして東南アジアの地を通りすぎて行った、金子光晴とコンラッドのかけがえのない生の幻を追っていた。

（『文学空間』II期第二号、一九八五年一二月）

スペイン紀行

ふわふわした綿毛のような雲海のうえをしばらく飛びつづけると、眼下に赤茶けた砂漠のようなものが見えてきた。南国らしい強烈な陽光のなかで、それはいかにも不毛の大地を思わせた。飛行機の小さな窓に顔をよせて後方をみると、黒々とした峻厳なピレネー山脈の岩肌が、まるでひとの侵入を拒むかのように、明るすぎる雲のあいだから顔をのぞかせていた。ブラインドを上げた窓から、眩しいほどの光が、機内に流れこんできている。

そのうちに飛行機はゆっくりと高度を下げていった。すると前方にいきなりなだらかな丘陵地を背にした、赤褐色の巨大なビル群が視界をさえぎるように眼にとび込んできた。マドリッドだった。私は息をのむ思いで、眼下に広がる市街地を見つめていた。ピレーネ山脈で国境をへだてるフランスの緑濃い肥沃な大地とはまるで印象が異なって、スペインは乾燥した灼熱のただなかにあって、大地も植物もことごとく炎熱にあえぎ、力なくしおれているように見えた。

スペインを訪れたのはさして深い理由があってのことではなかった。夕刊に載っていた海外旅行の広告が、なんとなく旅情を誘ったからである。「光と影のスペイン紀行」。いかにも異国情緒を刺激するようなツアー・タイトルだった。それ以外の副次的な理由としては、私がスペイン内戦に義勇兵として参加したジョージ・オーウェルに関心があり、彼がみずからの内戦体験を書き残した『カタロニア讃歌』を読んで、感動したことがあったからでもあった。またオーウェルがＰＯＵＭ（マルクス主義統一労働者党）の民兵として巻き込まれた、バルセロナのいわゆる「五月事件」の現場、その発火点となったテレフォニカ（電話交換局）の建物、さらにはオーウェルと縁の深いコンチネンタル・ホテルを一度はみておきたいという淡い望みもあった。このスペイン旅行の催行最少人数は十名以上となっていたが、私と妻を含めて集まったのはぎりぎりの十一名で、これに女性添乗員のＦさんが加わり、私たちは十一日間のスペイン旅行にきたのだった。

＊

マドリッドのバラハス国際空港はものすごい暑さのなかにあった。汗がところかまわず噴きだしてくる。経由地のチューリッヒからマドリッドまでの飛行機は乗客が少なかったせいか、入国審査も税関検査もすんなりと進んだ。空港内の両替所でトラベラーズ・チェックを現地通貨のペセタに交換してロビーにでると、現地の日本人ガイドのＩさんが待っていた。私たちはこのＩさんの案内で、空港のそとで待機していた専用バスでホテルに向かった。バスのなかでＩさん（福島出身で私とほぼ同世代の男性で、スペイン女性と結婚してマドリッドに十数年住んでいるという）が、マドリッドの夏の気候、地理的位置、紙幣の種類などを説明したあとで、当地でも日本人団体客が盗難にあうケースが増えているので、所持品にはくれぐれも気をつけてくださいと、私たちにさっそく注意を促した。

マイクを通して流れるIさんの声を聞きながら、私は車窓を流れさるマドリッド市街の風景を見つめていた。それにしてもなんという違いなのだろう。南国特有の強烈な陽射しを横顔に感じながら、私はそのときトランジット・パッセンジャーとして通過してきたモスクワ、ワルシャワ、チューリッヒなどの街の暗さを思い出していたのだ。

マドリッドでの宿泊先、フロリダ・ノルテという四つ星のホテルにバスが着いたのは、午後もかなりおそい時刻だった。添乗員のFさんがチェクインの手続きをしているあいだ、私たちは現地ガイドのIさんから市内観光をするうえでの注意を聞いてから、各自に割りふられた部屋に散った。長いあいだ窮屈な飛行機の座席に縛られて疲れていたうえ、ほとんど一睡もしていなかったけれども、外国にでると妙に興奮する癖のある私はシャワーを浴びると、疲労困憊している妻を部屋に残して、ひとりホテル周辺の散策に出かけることにした。

日本ならすでに夜の時間帯に入っているのに、まだ苛烈な陽光がふり注いでいて、石づくりの歩道からは淀んだような暑熱が立ちのぼってくる。熱にうかされたみたいになおも歩を進めていると、虚脱感が全身に広がってきて、頭までクラクラしてきそうだった。このすさまじい炎熱のなかで歩道は白く乾ききり、街路樹も心なしか脱水症状を起こしているようにみえる。まるで全身の毛穴という毛穴から、玉のような汗が噴きだしてきそうだった。

木陰の下の歩道のカフェテラスでは、たくさんの人たちが飲み物を飲みながら談笑していた。おなじ首都だというのに東京のせわしなさとは対照的で、人々はゆったりとした時間を楽しんでいるようだった。あくせくせずにのんびりと、人生という大河に身をまかせて、生活そのものを楽しんでいるようにみえる。こんな人生もいいもんだなと小声で呟きながら、羨望にも似た気持ちをかかえたまま、私は散策からホテルに戻った。

夏のスペインは十時ごろ夜になる。スペイン人にいわせれば、シェスタをはさんで一日が二回あることになる。私たちはホテルの食事をキャンセルして、ガイドのIさんの案内で、いわば二回目の一日たるスペインの夜を楽しむことにした。ツアー参加者のなかで同行したのは私たち夫婦のほかに、東京下町でスーパーとマンションを経営するKさん、それにK姉妹だけだった。ゴジック風の古色蒼然とした建物のあいだの迷路のような石畳をしばらく歩き、やがて大きなアーチをくぐると、そこがマヨール広場であった。広場のたたずまいとそれを取りまく暗鬱な建物の群れから、まるで中世に迷い込んだような錯覚におちいる。十七世紀に建造されたというバルコニーのある石の建物に囲まれて、広場の中央にはフェリペ三世の騎馬像が、黒々としたシルエットになって屹立している。かつてはこの広場で闘牛や裁判や祭礼などが行なわれたというが、そしていまは観光客の喧騒でにぎわっているというのに、私にはなぜか時空を超えた中世の幻をみているように思われた。

私たちは広場の一角にあるカフェテラスに腰をおろした。そこで酢漬けムール貝と塩漬け肉、それにオリーブの実がふんだんに入った野菜サラダを注文した。気候が乾燥しているせいか、ビールがたまらなくうまい。周囲の人びともさかんに飲み、食べ、談笑している。人間たちの発散するそのエネルギーで、薄暗い広場のなかだけが熱で膨張している。ドイツからきたという一人の青年がつまびくギターの音が、もの悲しくまるで旅情を誘うかのように流れてくる。

私たちは名残を惜しみながら、カフェテラスをあとにした。広場の南西にあるクチイェロスのアーチをくぐり、そこから石段を下ったところに、スペイン語でメソンという古い居酒屋が軒を連ねている。その居酒屋横丁のなかにヘミングウェイがしばしば足を運び、『日はまた昇る』のなかにも書いている、ボテインという老舗レストランがある。私たちはそこに立ち寄り、食事をするつもりでいたがあいにく満員で、グラン・ビアちかくの大衆的なレストランに入ることにした。スペインは魚介類がうまいと聞いていたので、エビ、ロブスター、アサリ炒め、サラダなどを注文してみたが、日本人の舌には塩味がききすぎていて、特段においしいという感じはしなかった。食事を終え、ホテルに戻ると、すでに午前二時をまわっていた。

翌朝、モーニングコールで起こされ、ホテルのレストランでスペイン風のコーヒーとパンだけの簡素な朝食をとった。寝不足で頭が重い。レストランにいるのは日本人のツアー客をのぞけば、ほとんどがアメリカの老人たちばかりだ。スペインへの巡礼団の一行なのか、なかに年配の修道女もまじっている。私たちの午前中の予定はマドリッドの市内観光、午後は古都のトレドに行くことになっている。

バスは炎熱のなかをプラド美術館に向かって走っている。立派なリクライニング・シートとエアコンが完備しているうえに、運転手とガイドをのぞけばわずか十一名で、一台のバスを独占しているのですこぶる快適だ。添乗員と現地日本人ガイドのほかに、ほとんどなんの案内仕事もしないのに、このバスにはスペイン人の若い男性ガイドも同乗している。添乗員のFさんの説明によると、スペイン人ガイドの仕事を奪わないように、この国ではかならず有資格者の現地ガイドを同乗させるのが決まりになっているというのだ。

　プラド美術館は旧市街地の東側、プラド通りに面したところにあった。南国の明るい陽光をあびて、つややかに光り輝く緑の木立にかこまれている。花崗岩でできた二階建ての建物は、その外観からは世界一の絵画コレクションを誇る美術館とはとても思えないが、ひとたびなかに足を踏み入れると、六千点を超えるその所蔵品の壮麗さに圧倒されてしまう。個々の絵画から匂ってくる時空を超越した歴史の重さに対面していると、絶妙な色彩の配合、妖しいフォルム、沈黙と饒舌、栄華と頽廃、権力と民衆、理想と現実、聖性と世俗など、さまざまな言葉の群れがなんの脈絡もなく頭に浮かんでくる。

　館内にはスペインをはじめ、フランドル派、イタリア、フランス、そしてオランダなどのおびただしい絵画が展示されていたが、やはり圧巻はスペインが生んだ天才画家、エル・グレコ、ベラスケス、ゴヤの三人の絵であった。この美術館はマドリッド観光の目玉であるせいか、館内は外国からの団体客でかなり混雑していて、ひとつの絵をじっくり鑑賞できないのが難点だが、それでも世界的名画の名状しがたいアウラをじゅうぶんに堪能することができた。ひときわ人だかりがしているのは何といってもゴヤの絵のまえで、人が群がっているという感じがあった。サラゴサ生まれの主席宮廷画家、ゴヤ・イ・ルシエンテスはベラスケスやレンブラントを師とあおぎ、のちに全聾になるという悲運にみまわれ、亡命先のフランスで客死している。帰国後、『新潮世界美術辞典』で調べてみると、ゴヤは後世になってから「その主題と技法において表現主義やシュルレアリスムさえも先駆する」と称えられながら、肉体的なハンディキャップのために内省の度をふかめ、それを技法的に鋭い心理描写にまで高めたといわれている。さらに同辞典によれば、「ゴヤの人間と社会に対する批判精神と生来の反抗心は、かれの終生変わらぬスペインの庶民的魂と、中年以後に共感した啓蒙思想との葛藤によって強化された」とも評されている。

プラド美術館には、そのゴヤの代表作がほとんど網羅されている。心理描写の傑作とうたわれる『カルロス四世の家族』、色彩分割の手法を駆使し、印象主義を先取りしたといわれる『一八〇八年五月三日』、不遇な晩年に製作したという版画集『ロス・ディスパラーテス』や『黒い絵』、そしてあまりにも有名な『裸のマハ』と『着衣のマハ』。スペイン語、英語などの外国語の説明がとびかうなかで、私たちはゴヤの絵をまえにしてただ賛嘆の溜息をもらしながら、現地の日本人ガイドの滑らかとはいえぬ説明に耳を傾けていた。ともあれ、ゴヤの絵に会えたことはこの旅の収穫のひとつであったが、ただ残念なことは時間的な制約のために、油絵の『サトゥルヌス』を見ることができないことだった。この絵は学生時代に廉価版の美術文庫でみて以来、妙に心にひっかかる作品で、後になってからも折にふれて思い出すことがよくあった。私にとってゴヤといえば、『サトゥルヌス』だった。黒を背景とする絵のなかで、長い白髪をふり乱し、白目をむきだしにした全裸の男が口を大きくあけて、幼児の身体をむさぼり喰っている。中腰の獣じみた男にわしずかみにされた幼児の頭部はすでになく、左の腕もすでに半分喰いちぎられ、鮮血がその痛々しい身体にべっとりとはりついている。

それは思わず恐怖の声をあげそうになるほど凄惨な絵だった。不気味、奇怪、戦慄、暗黒などという言葉を想起させるほど衝撃的で、カニバリスティックなイメージをまとったこの絵について、私が不思議に思ったのは、なぜゴヤがこの絵を描かねばならなかったのかということだった。手元にある文庫版の解説によると、この絵はギリシア神話のサトゥルヌス（クロノス）の伝説に由来するというのだ。クロノスは天空神ウラノスと大地神ガイアという巨人族の子供であり、長じるや父を殺して、その支配権を奪ったと伝承されている。しかし、父殺しの罪の意識からなのか、自分もそのうちみずからの子供に殺されるかもしれないという恐怖心から、五人の子供をつぎつぎとむさぼり喰ったというのだ。ただゼウスだけは、母親がクレタ島にすむクレスに頼んでくれたおかげで、命が助かったといわれている。阿部良雄は文庫版の解説のなかでこの絵について、「輝かしいオリュンポスの神々に先立つ暗黒時代を支配した巨大で獣的な恐怖を、ゴヤの想像力がみごとにとらえたとはいえないだろうか」と述べている。

しかし、それにしても疑問として残るのは、なぜゴヤがギリシア神話のこの悲惨な逸話に触発され、想像力の翼を広げなければならなかったのか、ということなのである。全聾というハンディキャップのために、生にたいして懐疑的になるあまり、絶望心から人間の深層意識のなかにひそむ暗黒面に、おもわず意識と想像力が向いてしまったのだろうか。それともこの『サトゥルヌス』が製作されたのがゴヤ晩年の七十七歳のときであり、この老境期がゴヤの「黒の時代」にあたっていたことを考え合わせるなら、このような陰惨な画風は不思議でもなんでもないのであろうか。

私たちは三時間ばかりで、プラド美術館をあとにしなければならなかった。パリのルーブル、ロンドンのナショナル・ギャラリーとならび称されるだけのことはあるなと、感動の余韻を引きずりながら、私たちはプラド美術館の別館（カソン・デル・ブエン・レティロ）に向かった。歩いて五分ほどの距離でしかなかったが、途中、「フジサンタカイ、コレヤスイ！」とフラメンコ・ダンサーが手にする扇子のようなものを振りかざしながら、片言の日本語でさけぶ物売りたちにしつこく付きまとわれた。結局、妻は「センエン、センエン！」に根負けして、四本で千円という扇子を買わされてしまった。別館にのぼる石段の下にべったりと座り込んだ白髪の老婆が、真夏の炎熱に焼かれながら、観光客めあてに物乞いをしていた。ジプシーなのであろうか、その哀れな老残は真夏のあかるい陽光とはあまりにも対照的だった。

カソン・デル・ブエン・レティロには、ピカソの『ゲルニカ』が展示されている。長いあいだニューヨークの近代美術館に保管されていたが、画家の遺志によって一九八一年にスペインに返還されたいわくつきの大作である。この絵はまたよく知られているように、スペイン内戦の悲劇的事件をモチーフに描かれたものである。一九三七年四月二六日、フランコ反乱軍を支援するドイツ空軍機がバスク地方の小さな町、ゲルニカに無差別爆撃を加えた。死亡者数、二千人の猛爆だった。折りしもパリ万国博覧会スペイン館の壁画制作を依頼されていたピカソは、ゲルニカのこの悲劇を知ると、ただちにこれを題材とする世界的な大作『ゲルニカ』を完成させたのである。

このような歴史的背景をもつ『ゲルニカ』は、厳重な警備のもとに、ほの暗い石造りの建物のなかに展示されていた。私たちは警備員にバッグの中身を調べられ、危険物の有無をチェックする空港のアーチのような装置のなかをくぐらされた。これはいまだいる大勢のフランコ支持派が、絵に危害をくわえるのを未然に防止するための措置だと聞かされた。内戦の傷痕の深さをみる思いがした。

『ゲルニカ』は創作の苦労をしのばせるデッサンの断片がたくさん展示してある、光度を落とした回廊のようなところを通り抜けた先に、防弾ガラスに守られて展示されていた。美術書で何度となくみたことがある絵だったが、プラド美術館の感動的な残像がまだ頭に残っていて、不思議と感動はわいてこなかった。ああ、これが『ゲルニカ』の実物なのか、という呟きが洩れただけだった。おそらく私が、この絵の歴史的経緯を知悉していたせいかも知れない。しかし、『ゲルニカ』は美術書からは想像もつかないほど大きな絵だった。奇怪なほどディフォルメされた、黒白灰色を基調とする作図のなかで、人間も動物もひとしく苦痛のあまり身もだえし、断末魔の叫びをあげて苦しんでいる。抽象画のようでありながら、戦争の悲惨さがひしひしと伝わってくる。ピカソのヒューマニズムがじかに胸にしみた。

プラド美術館別館を出ると、バスはスペイン広場に向かった。この広場には近代小説の始祖といわれるセルバンテスのドン・キホーテと、従者のサンチョ・パンサの銅像がある。広場のまのわりには高層住宅が立ちならび、あたりを威圧するかのように屹立している。陽射しは強烈で、ところかまわず汗が噴き出してくる。理想と現実を象徴していると評されるキホーテとパンサの像も、真昼の炎熱と静寂につつまれ、まるで世俗の喧騒から超然としているようにみえる。

昼食後、私たちは古都トレドの観光に向かった。小高い丘からみるトレドの街は、堅牢な城塞都市を想わせた。どんよりとした暗緑色のタホ川が毒々しい色をたたえて、市街地をとりかこむように流れている。鉱物的な印象をあたえるそのタホ川の岸辺から、まるで軍艦島のような感じで、上にむかってトレドの市街が広がっている。建物の色のせいなのか、街全体がどんよりと灰色にくすんでみえる。遠くに眼をこらすと、天にむかって鋭くそびえるカテドラルの鐘楼や長方形をした城塞がひときは異彩を放っている。市街地には緑はほとんどなく、ただ灰白色のくすんだ石の建造物だけがおり重なるように丘陵地に広がっている。

トレドはマドリッドの南方、約七十キロのところにある。六世紀に西ゴート王国の首都になって以来、支配者はさまざま変わったが、一五六一年に行われたフェリペ二世によるマドリッド遷都まで、スペインの首都として栄華をきわめてきた。私たちは街の入口で、現地ガイドのぺぺさんという中年男性を乗せ、バスで市街地に入った。バスから降りると、迷路のような石畳がくねくねとつづき、まるで中世の迷路のなかに迷い込んだかのような気分がした。気温は四十度ちかくにまであがり、建物と建物とのあいだの日陰をひろって歩かなければ、灼熱の太陽をもろに浴びて意識を失いそうだった。不快なほど、肌着がねっとり濡れている。まさにスペインの盛夏そのものだった。同行の女性たちも暑い、暑い、を連発しながら、必死になってガイドのぺぺさんの後についてゆく。

石畳の道をしばらく行くと、カテドラルの入口がみえてきた。カテドラルは市街地のほぼ中央に位置し、スペイン・カトリック教の総本山になっている。フェルナンド三世時代の一二二七年に工事がはじめられ、完成したのは一四九三年といわれているから、気の遠くなるような膨大な工事期間を要したわけだ。バルセロナでいまも工事がつづけられている聖家族（サグラダ・ファミリア）教会が象徴しているように、気長にのんびりと、それでいて気宇壮大な偉業をなしとげるのがスペイン人の流儀なのであろうか。

トレドのシンボルであるカテドラルは、フランスの影響をうけたといわれるゴシック様式の大聖堂で、中心部に高さ九十メートルの鐘楼があり、それが天にむかって屹立しているさまは驚嘆にあたいする。見ていると、まるで現世の穢れを浄化し、ひたすら純化と昇華をくり返すことで、天上にある神の王国にかぎりなく近づこうとする、人間のつよい意志を感じさせるのだ。カテドラルの内部に足を踏み入れると、なかは薄暗くひんやりとしていて、おびただしい巨大な石の円柱が天を突きぬけるかのように、あでやかな極彩色のステンドグラスから洩れてくる、午後の淡い光のなかに立ちならんでいる。光と影のかもしだす深い陰影につつまれて、カテドラル全体が時の停止したような静寂のなかで、ひっそりと息づいているようにも思われてくるのだった。

それにしてもなぜ、これほど壮麗なカテドラルが建立されねばならなかったのか。支配者の権勢のあでやかな誇示なのか、それともイエス・キリストにたいする教団や信者の愛のあかしなのか。ちなみに、ゴシック様式の建築法がスペインに流入したのは、十三世紀の頃だといわれている。それ以降スペインにおいては、ゴシック建築はかなりの長きにわたってその豪華絢爛さを競いあい、各地に広壮かつ壮麗なカテドラルが建築されてきたが、そのなかでもこのトレドの大聖堂は代表格だといわれている。それを裏づけるように、内部は厳かななかにも典雅さがただよい、中央礼拝堂をとりかこんで二十二の小さな礼拝堂がつくられている。天井にフレスコ画が描かれている聖器室にはグレコの『聖衣をはぐ人』をはじめ、ベラスケス、ゴヤ、そしてルーベンスなどの絵が展示されている。装飾性、幾何学性、垂直性、宗教性、これらが渾然一体となってカテドラルの神秘的な統一美を形づくっているようにみえた。

しかし、このカテドラルには壮麗な宗教的崇高さだけではなく、痛ましい歴史の秘話も隠されているのである。現地ガイドが指でしめしてくれたように、カテドラルをささえる巨大な円柱のいたるところに弾丸の跡が残されている。スペイン内戦の爪痕である。ガイドの説明によると、内戦のときにはこのトレドでも激しい戦闘がくり広げられ、弾痕はその名残りだというのである。国民が敵と味方にわかれて、血で血をあらう激闘をつづけたスペイン内戦は、思い出したくもないスペイン現代史の暗部なのかもしれない。市街地の東方、タホ川をのぞむ丘のうえに長方形の城塞がある。アルカサールである。それは十三世紀につくられた人目をひく赤白の建造物だが、いまは「市民戦争博物館」となっている。日本人ガイドのIさんによれば、スペインの若者のほとんどが過去の内戦には関心がなく、ひたすらサッカーの勝敗に夢中になっているというのだ。戦争の風化なのか、それともタブーなのか、スペインの大地はいま、何事もなかったかのように真夏の炎熱に焼かれている。

カテドラルを見物したあと、私たちはふたたび起伏のおおい灼熱の石畳を歩き、次の目的地であるサン・トメ教会に向かった。この十四世紀に建立された教会には、エル・グレコの傑作『オルガス伯の埋葬』が展示されている。入場料を払ってなかに入ると、狭い展示室は足のふみ場もないほど混雑していて、来場者の流れに身を任せているだけでも、かなりの汗が噴きだしてくる。やっとのことで絵の正面に立つと、グレコの傑作は防弾ガラスのようなものに守られ、赤っぽい照明のなかに浮かびあがっていた。想像していたよりも大きな絵で、写実的な肖像画とでもいえばいいのか、人物の造形がくっきりとみる者に伝わってくる。テーマは慈悲ぶかいトレドの貴族、オルガス伯の埋葬にまつわる伝説に由来するといわれているが、私にはもとよりこの迫力ある絵が絵画史のなかで、どのような位置を占めているのか判断がつきかねた。

バスは途中、地元の特産品である象がん細工の作業場兼販売所にたち寄ってから、マドリッドめざしてひたすら起伏のおおい赤茶けた丘陵地を走りつづけた。緑が少なくオリーブの木だけが点在する乾燥した大地を眺めながら、私はスペイン内戦のことを考えていた。このような地味のやせた苛烈な大地で、共和国軍とフランコ反乱軍とが熾烈な戦闘をくりひろげ、おびただしい国民の血が流されたのだった。しかし、おびただしい死者の無念の血を吸ったスペインの大地はいま、午後の炎熱のなかに、まるで何事もなかったかのように横たわっている。

バスが宿泊先のホテルに着いたのは、七時をまわったころだった。高層ホテルの部屋から外をみると、まだ陽光があふれ、その明るい光のなかに国鉄ノルテ駅の駅舎がみえる。教会か美術館のような風情のある建物で、日本の大都市にある機能一辺倒の駅舎とは大いに異なり、どことなく人間の匂いと伝統の重みが遠目にも感じられる。遠くのほうから夕方の斜光をついて、列車がゆっくりと入線してくるところだった。古びたセピア色の風景写真をみる思いがした。それにしても、旅人の感傷なのであろうか、時間がなんとゆっくり過ぎてゆくことだろう。大河の流れのように時間が悠然と過ぎてゆくのである。

マドリッドはイベリア半島のほぼ中央部に位置し、スペインの首都であると同時に、国際観光都市としても知られている。人口は約四百万。近代と前近代、伝統とモダン、聖性と卑俗、情熱と陰鬱、これらのあい対立する要素が深い宗教性のなかに渾然一体となって溶けこんでいる街、それが私の眼に映じたマドリッドの素顔だった。重厚な石の文化のもつ安定感と重量感、その底を脈々と流れる宗教の濃密さ、歴史を反映するさまざまな様式の建築美（ムデハル、ロマネスク、ゴシック、プラテレスコ、チュリゲラなどの様式）、そして非ヨーロッパ的な明るさ、それらのどれもがスペインとして胸に迫ってくる。堀田善衛は「この国ほどに、どこへ行っても、重層をなす『歴史』というものが、なんの粉飾もなく、あたかも鉱脈を断層において見るように露出しているところが、外にあまり例がないのではないか」（『スペインの断章』）と述べているが、なるほどと思わせるところがスペインにはある。マドリッドをチラッと見ただけで、歴史の重みをつくづくと感じてしまうのだ。そんなことを想起しているうちに、気がつくと、マドリッドはようやく夜を迎えようとしていた。

＊

翌日、私たちは空路セビリアに向かった。マドリッドからイベリア航空の国内線で、一時間ほどの距離だった。空港に降り立つと、現地ガイドの中年女性、コンチータさんがにこやかに出迎えてくれた。とにかく陽気で情熱的な人で、赤い口紅、赤いネッカチーフ、赤いワンピースとすべて赤で統一している。前日までのマドリッドでは気温が四十度ちかくあったが、今日のセビリアはしのぎやすい二十九度である。スペインでも南部のアンダルシア地方のせいか、バスの車窓からは道路ぞいにたくさんのヤシの木がみえる。柔らかく穏やかな南国の太陽の光をあびて、肉厚の緑の葉を誇らしげに広げている。

セビリアはグアダルキビール川の下流に位置し、アンダルシア地方では最大、スペイン全土では四番目の大都会である。人口は約六十五万人で、十三世紀にはアラブ王国の首都として栄えた街だといわれている。とくに日本人には『カルメン』や『セビリアの理髪師』などの作品で知られる街だ。車窓を流れる街のたたずまいはマドリッド以上に古めかしく、中世の風情がただよう古色蒼然とした街である。バスが市街地に入ると、うすい赤褐色の幾何学模様をあしらった、歴史と伝統を感じさせる堅牢な石づくりの重厚な建物がたくさん眼につくようになった。車窓を流れさる迷宮じみた情景に眼を奪われながらも、私にはそれを的確に形容すべき言葉がおもい浮かばなかった。

そうこうしているうちに、やがてバスはセビリアの中心街にある広場の駐車場にとまった。創業が十四世紀という由緒あるレストランで昼食を取るためだった。鈴を鳴らしながら、観光馬車が軽やかに街中を走りまわっている。創業の年が刻印されたプレートを店頭に掲げてあったので、目的のレストランはすぐに見つかった。意外なほど小さなレストランだった。愛想のいい店主に迎えられて、私たちは隅のテーブルに腰をおちつけた。スペインにきたら、まずはビーノ（ワイン）だ。メイン料理は野菜サラダつきのパエーヤだった。昼食後、女性たちがオーナと記念写真に収まってから、私たちは宿泊先のホテル・マカレナ・ソルに向かった。ホテルは一階のロビーにアラビア風のパティオを配置した瀟洒な造りで、どことなくイスラム的な雰囲気のただようホテルだった。私たちはホテルに荷物をおくと、ガイドのコンチータさんに連れられてすぐに市内観光にでかけた。

最初に見学したのはアルカサールだった。十二世紀に建てられた回教徒の城だが、現存しているのは十三世紀以降のムデハル様式のものだといわれている。この繊細で華麗なスペイン風のアラベスク模様をあしらった城は、八世紀にイベリア半島に侵入してきたイスラム教徒の栄枯盛衰をしのばせてくれる。ムデハル様式とは、イベリア半島に侵入したイスラム勢力にたいする、キリスト教徒の抵抗をしめす「レコンキスタ（国土回復運動）」のあともスペインに残り、キリスト教のなかに回教の要素をつけくわえたものと説明されている。たとえば、トレドの太陽の門やサン・トメ教会の塔などにみられる、馬蹄形のアーチにその特徴が残存しているという。さらにこの様式は石膏や煉瓦の技術を導入した、アラブの影響も強く受けているといわれている。いずれにしても、スペインの過去の歴史を知らない人には、カトリック教国だと思い込んでいたこの国のなかに、イスラムやアラブ風の城や城塞や寺院が残っているのは、奇異に映るかもしれない。それほどスペインの城には、イスラムの影響がつよく残っている。アルカサールのなかでは、とくに「ペドロ王の宮殿」と「天使の間」がその豪華さにおいて双璧だった。

次に向かったのは広場をへだてて、アルカサールと向きあっているカテドラルだった。ガイドのコンチータさんはほとんど英語で説明するのだが、ときどき、妙な抑揚をつけた日本語で「足元ニ気ヲツケテ！」と大声でどなることがある。それがおかしく、一行のなかで真似する者がでる始末だった。コンチータさんの英語はすばらしかったが、日本語はほとんど知らないようだった。

カテドラルは回教寺院跡にほぼ百年かかって建てられた、十五世紀の大聖堂である。スペインでは最大、ヨーロッパでは第三位の規模をほこるゴシック様式のカテドラルである。パロスの門をくぐってなかに入ると、内部はほの暗く、ひんやりとした冷気が伝わってくる。なんとなく厳粛な気持ちになる。圧巻は世界最大の大きさだといわれる、黄金色の木製祭壇をもつ中央礼拝堂、ルネサンス様式の王室礼拝堂、四人の王様がかつぐコロンブスの棺である。そしてこのカテドラルの横には、セビリアのシンボルといわれるヒラルダの塔が、天に向かってそそり立っている。

この塔は十二世紀末に建てられた回教寺院の一部であり、高さは九十八メートル、名前の由来はてっぺんにあるブロンズ像の風見からきているという。このヒラルダの塔の命名を説明するとき、コンチータさんは思い入れたっぷりに、「デモネ、アレハ中曽根サンジャナイヨ」と言って、みんなを笑わせてくれた。塔内のゆるやかなスロープを登りつめると展望台があり、そこからセビリア市内が一望できる。眺めわたすと、いちめんにスペイン特有の赤煉瓦と灰白色の石づくりの家々がおり重なるように連なり、真夏の陽にじりじりと焼かれている。街全体がすっかりと乾ききり、まるで脱水症状を起こしているかのようにみえる。

このヒラルダの塔のすぐ近くには、ひっそりと旧ユダヤ人街が広がっている。サンタ・クルス地区だ。白壁の家々がはてしなく軒を接するなかを、迷路のように折れまがった小路を歩きつづけていると、さながら忌避空間をさまよう旅人の心境になってくる。どことなく妖しい雰囲気もただよっている。アグア（水）だとか、ピミエンタ（胡椒）だとかいう、不可解な名前のついた小路を思いだしたように、涼風が吹きぬけてゆく。ユダヤ人街をひと回りしてから、私たちは例によってタラベラ焼きの陶器、象がん細工、絵葉書などを売っているお土産店に入った。女性たちが買い物に熱中しているあいだ、私はそとの公園のなかの石のベンチに腰をおろして、タバコを吸っていた。公園には客のいないカフェテラスの主人と、貧しい身なりの靴みがきの老人しかいなかった。二人の男はタバコを吸う私のほうをじっと見つめている。くるなと思った途端、案の定、靴みがきの老人が近づいてきて、執拗に靴をみがけと強要する。押し問答のすえに、私はつよい口調で断ったが、それなら今度はタバコをくれというのだ。仕方なくタバコを差しだすと、これをみていたカフェテラスの主人までやってきて、彼にもタバコをやることになってしまった。

サンタ・クルス地区をでると、ふたたびバスに乗り、白鳩と花の咲き乱れるアメリカ広場に立ち寄り、それからマリア・ルイサ公園に向かった。緑濃い公園のなかには、一九二九年のイベロ・アメリカ博覧会のときに建設されたという二本の塔をもつ壮大な半円形の建物と、スペイン広場があたりの風景を圧倒している。感嘆の溜息をつきながらバスに戻り、ホテルに向かう途中で、ジプシーのカルメンが働いていたというタバコ工場の横を通った。赤いレンガ造りの威風堂々たる建物だが、今はセビリア大学になっている。

歴史的にみて、セビリアの街はアラブやイスラムの影響が強いせいなのか、マドリッドとはまたちがって異国風のエキゾティシズムが色濃くただよっている。歴史の重みを伝える由緒ある建物のひとつひとつが現代のなかに息づき、訪れるひとに時空を越えたやすらぎをあたえてくれる。大都会のもつ殺伐とした喧騒もなく、しっとりとした落ち着きのなかにある。キリスト教とイスラム教という異文化混交のあやういバランスのうえに立っているようにみえながら、緑濃いセビリアの街はいわば永遠の無時間のなかで、ひっそりと呼吸している。まるで時の流れがとまり、中世の時間がそのままこの街を満たしているかのようだった。屹立する建物と人々の営みが対立するのではなく、相互に融合しながら、中世への夢想を紡ぎだしている。砂漠のなかのオアシスさながらに、心ときめき、心が洗われる街だった。そしてコロンブスが新大陸発見のために船出したという大西洋岸の港町、カーディスへと流れこむ暗緑色のグアダルキビール川が市内を流れ、その河畔にはアラブ人の手になる見張り所、「黄金の塔」がいまでも残されている。

夕方七時ごろホテルに戻り、セビリアの美しさをこもごも語りあいながら、私たちはバイキング形式の夕食をとった。その後、少し休憩してからフラメンコの見物にでかけた。セビリアは華麗なフラメンコ衣装が乱舞する「春祭り」で知られるように、スペインでも有数のフラメンコの本場である。フラメンコはだいたい夜の十一時ごろから深夜の二時か三時にかけて、専門店のタブラオで行われる。私たちは予約を入れ、十一時ごろになってから、セビリアでも有名な店のひとつであるロス・ガヨスというタブラオに行った。タクシーで店に着くと、深夜だというのに、入口には長い列ができていた。

店内は思ったよりも狭く、百人も入ったら満員になりそうだった。ビール、ワイン、サングリアなど、一杯の飲み物つきで二千五百ペセタ、日本円にしたら三千円弱ほどだった。薄暗い店内でビールを飲みながら、しばらく待っていると、最初にカンタオールといわれる男の歌手が二人とギタリストが登場し、ギターの伴奏にあわせてもの悲しげな唄を何曲かうたった。それから顔見せなのか、カンタオールの手拍子に誘われるかのように、原色のあでやかな衣装に身をつつんだ女性のダンサーたちが次から次と舞台に登場し、激しく足を踏みならし腰をくねらせながら、短い踊りをいくつか披露した。それが終わると、今度はひとりのソロに移るのだが、ジプシーの血を引いているのか、ダンサーたちの髪が黒々としているのが印象的だった。表情をほとんど変えることなく、背筋をぴんと伸ばし、高くかかげた指先を精妙に動かしながら、地雷が弾けるような音を立てて、ステップを踏んでゆく。静と動の絶妙なコントラスト。とくに一人だけいた男の踊り手（バイラオール）の激烈なタップダンスは神技にちかく、その静と動のコントラスト、その計算されつくした機械のような身体の動きは、芸術的でさえあった。

十二拍子の独特のリズムをもつフラメンコには、情熱と哀愁が漂っているとはよく言われることである。華やかなダンスが情熱を体現しているとするなら、男のうたう唄は哀愁を象徴しているといえる。フラメンコの本質はカンテ・ホンド（深い唄）にあると評されるように、ハイキーな声で腹の底からしぼりだすように歌われる唄には、紛れもなく深い哀愁がこめられている。やりきれない人生にたいする嘆きなのか、それとも抑圧される者の哀切さなのか、二人の男性歌手のうたう唄からはたしかに、魂を揺さぶるような悲しみが伝わってくる。日本の民謡にも似ている哀調をおびたその唄を聞いているうちに、私は情熱よりもむしろ哀愁をつよく感じたのだった。

定説によると、フラメンコはスペインを起源とするものではなく、十五世紀にスペイン南部に移住してきたジプーシから生まれたものであり、その後にアンダルシア地方ではぐくみ育てられたといわれている。流浪の民であるジプシーの悲哀と苛烈さ、さらにはアンダルシアの強烈な太陽と開放性、これらがおたがい混じりあい、不思議な作用をしてフラメンコが生まれたともいえる。フラメンコの唄については、その唱歌法がことのほか難しいうえに、楽譜もないため口から口へと歌いつがれてきたといわれている。

指を鳴らし、カスタネットをたたき、舞台で激しく足を踏みならし、手首や腕や腰を妖艶にくねらせながら、節目ごとに切れ味するどい静止の動作をくり広げてきたダンサーたちが、狭い舞台に勢ぞろいしたのは午前二時ちかくだった。フィナーレだった。舞台がはねたあとの帰りのタクシーのなかにまで、私は感動の余韻をひきずっていた。若い男が歌ったあの哀調をおびた唄が、どういう意味なのか、気になって仕方がなかった。あの語尾をながく引く、悲しげな歌い方はどことなく江差追分を想起させるところがあった。

翌日は一日じゅうバスに揺られていた。シェリー酒と馬の産地で有名なヘレス、近代闘牛の発祥地として知られるロンダを通って、コスタ・デル・ソル（太陽の海岸）まで行くのである。南下をつづけているせいか、空の色はますます蒼くなり、日差しもさすがに強烈になってきている。木々の緑もいきいきと輝き、つややかな光につつまれている。ヤシの木が多くなり、なだらかな丘陵地には見わたすかぎり、うねうねとヒマワリ畑がつづいている。収穫の盛りをすぎたのであろう、ヒマワリの花も葉も黒くしなびて、まるで邪悪な大蛇がいっせいに鎌首を持ちあげているようにみえる。

バスは真夏の陽に焼かれ、あえぎながら、くねくねと山道を縫って進んでいた。遠くのほうの小高い丘のうえには、きらきら輝く白い集落をしたがえた城塞が、過去の重みを背負ってじっと立っている。ロンダに着いたのは午後になってからだった。深い渓谷によって町が二つに分断されているロンダは、スペイン最古の町のひとつで、コスタ・デル・ソルも近いせいなのか、外国人観光客も大勢きている。私たちはここで昼食をとり、その後、町をぶらついた。その卓越した技術で闘牛の歴史を変えたといわれるペドロ・ロメロの出身地らしく、十八世紀に建てられた白い外壁をもつ円形の闘牛場は、古風なたたずまいを伝えている。ローマ時代の遺跡である渓谷にかかる古い石橋をこえ、旧市街に足を踏み入れると、観光地化された新市街とは様相がまるで異なり、古色蒼然たる家並みが延々とつづいていた。

ロンダを出ると、バスはさらに山岳地帯を縫うように走りつづける。セビリアから運転してきたスペイン人の運転手が地理に不案内のため、コスタ・デル・ソルの中心地トレモリノス市内に入ってから、一時間ほど迷ったあげく、宿泊先のホテル・セルバンテスに着いた。トレモリノスはヨーロッパを代表するリゾート地らしく、白亜の高層ホテルやコンドミニアムが林立し、ヨーロッパ各国からリゾート客が押し寄せてきているので、とてもスペインという感じがしない。とりわけ貧相なスペインの農村地帯を走りつづけてきた私たちの眼には、このトレモリノスの市街地の風景は別世界のような気がした。貧困と富裕、前近代と超近代、そのあまりの落差に驚かざるをえなかった。

トレモリノスにはいまでは世界中の資本が流入しているらしく、あくまでも青い地中海をのぞむ海岸にそって、おびただしい高級ホテルやリゾート・マンションが立ちならび、地中海の柔らかい光のなかにまどろんでいる。メインストリートに面したディスコ、ブティック、レストランなどは海水浴をおえた世界各国の若者たちで深夜までにぎわっている。その開放的な賑わいをみていると、まるで新宿か渋谷の盛り場を思い起こさせるほどだ。ヨーロッパ最大の海浜リゾートといわれるコスタ・デル・ソル、その中心地のトレモリノスは、終日、健康と喧噪を求める人々でわきたっている。

翌朝、私たちは午前四時に起きなければならなかった。オプショナル・ツアーで、アフリカのモロッコまで行こうというのである。人気のないレストランで軽い朝食を済ませてから、朝まだ明けきらぬなかを出発した。ツアー・バスはコスタ・デル・ソルの各ホテルをまわり、数時間かけて参加者をピックアップした。日本人をのぞけば、参加者はイタリア人、フランス人、スペイン人、アメリカ人などで、なかなか国際色ゆたかな顔ぶれとなった。各国混成のためなのか、スペイン人のガイドは四カ国語を使って説明している。

バスはしばらく地中海を左手にみながら走り、いかにも不毛という印象をあたえる赤茶けた山肌を縫い、ようやくタリファに着いたのは九時すぎだった。タリファはうらさびれた漁港で、モロッコに渡航するスペイン側の出発地になっている。港ではスペインの漁師たちがのんびり魚網を修理したり、わずかな魚を水揚げしたりしていた。そのうちにほかのツアー・バスも到着して、港はドイツやアメリカの若者たちでいっぱいになった。出入国管理事務所はまるで船着場の待合室みたいだったが、私たちは拳銃を携帯した警備員の監視のもとで、ひとりひとりパスポートに出国のスタンプを押してもらい、ジブラルタル海峡をわたるフェリーに乗り込んだ。

地中海と大西洋がぶつかり合うためなのか、ジブラルタル海峡はその日はことのほか風が強く、上部デッキに立っていると、身体ごと吹き飛ばされそうな感じがする。スペイン人ガイドの説明によると、ジブラルタル海峡から吹きつけてくる風が強いため、タリファ近辺では風力発電が行われているというのだ。そういえばバスがタリファに近づいたとき、遠くから大型の風車のようなものが、山の上のほうに何基もみえたのを思い出した。フェリーは暗緑色の海面に白い航跡をひきながら、強風のなかを身震いしながら進んでいた。デッキのうえではアメリカやドイツの若者たちが強風に髪を乱しながら、記念写真を撮りあっている。歓声があがって、船尾の方をみると、航跡に誘われたのか、一頭のイルカが豪快なジャンプをくり返しながらフェリーを追尾してきている。

フェリーは一時間十五分ほどでモロッコの港に入った。デッキからみると、小高い丘の中腹から麓にかけて、白い家々が折り重なるように下にむかって広がっている。モロッコの玄関口、タンジールだった。フェリーが接岸を開始すると、待合室の方角から回教服と四角い帽子をかぶった痩身の男たちが、日差しに顔をしかめながら、ぞろぞろと岸壁のほうに出てくる。フェリーからロープが投げられ、接岸が終わると、入国係官が船に乗り込んできて私たちのパスポートを調べ、紛失や盗難防止のためなのであろう、全員分のパスポートを保管してくれることになった。アフリカの大地への初めての感触を確かめるように、私はゆっくりとタラップを降りた。太陽の光は強かったが、海風が吹きぬけ、なかなか爽やか気候だった。

私たちは四台のバスに分乗して、タンジール市内の観光に出発した。ベルベル人やアラブ人の多いイスラム教国のせいなのか、モロッコはまるでスペインとは風景が異なっている。バスの車窓から眺めるタンジールの市街地は、ジブラルタル海峡をはさんだ対岸の港町なのに、イスラムの雰囲気が濃厚にただよっている。近代的な高層ビルはほとんどなく、軒の低いイスラム風の白壁の人家がはてしなくつづいている。白い回教服を身につけ、口ひげをたくわえたモロッコ人の現地ガイドが、名所旧跡にさしかかるたびに英語で説明してくれるのだが、訛りがつよくひどく聞きづらい英語だった。

やがてバスはタンジールの市街地を抜け、山道をのぼって緑が鮮やかな丘陵地に入った。どうやら別荘地らしく、ガイドの説明によると、アラブの王様や有名俳優のショーン・コネリーの別荘もここにあるという。バスはそれからしばらく走りつづけ、樹木の生えていない荒涼たる風景のなかをさらに進んでゆくと、前方にエメラルド色の海がみえてきた。切り立った断崖が深く海をえぐり、白波がところどころに立っている。そこは地中海と大西洋がまじわる北西端の岬なのだった。

バスを降りて、爽やかな海風を顔に感じながら、なんの変哲もない海の合流点を眺めていた。すると、バスの陰からふいに黒と茶色のロバを連れた頬の赤い、いかにも純朴そうなサンダルをはいた少年が私たちのまえに現れた。ロバのあまりの愛くるしさに女性たちは歓声をあげ、個別にロバとの記念撮影をすることになったが、写真を撮りおえると、くだんの少年がニコリともせずに手を突き出してくる。チップをくれというのだ。しばらくためらった後で、スペインの硬貨を渡すと、少年はロバを連れてバスの陰に姿を消した。ジプシーの少年なのであろうか、彼は観光バスがこの岬にやってくるたびに、ロバを連れて姿をあらわし、記念撮影代をもらうことを商売にしているのであろう。

右手に海をのぞみながらバスは岬を大きくまわり、緑のまばらな砂漠のような丘陵地を内陸にむかって走った。ゆるやかに波うつ丘陵地は見渡すかぎり赤茶けた地肌をさらしているばかりで、ところどころに申しわけ程度に草地がみえるだけだった。しかし、どんな苛酷な自然環境のなかでも人間は生きている。現地ガイドの説明によると、この丘陵地の洞窟にはいまでもジプシーが住んでいるというのである。さらに進んでゆくと、だいぶ緑の濃い平坦な放牧地のようなものが視界に入ってきた。眼をこらすと、そこの放牧地には生まれたばかりの無数のヤギが放し飼いにされていた。道端には私たちを待ちうけているのか、三頭のラクダを従えたモロッコ人たちが、吹きあがる砂塵に顔をしかめて立っていた。

ここでまたバスを降りることになった。どうやら観光コースのひとつになっているらしい。私たちがバスを降りると、現地人たちが群がり寄ってきて、しきりにラクダの背に乗って記念写真を撮れと勧めてくる。陽気なアメリカ人がはじめに挑戦し、そのあと市役所勤めの日本人のKさんがにこやかに写真におさまった。私たちはラクダはやめて、放し飼いのヤギをバックに妻を立たせ、私がカメラのシャッターを押すことにした。するとふいに、これをみていた眼の澄んだ少年が近づいてきて、また金を払えと手をさしだすのである。初めに二十五ペセタ渡そうとすると、少年は拒否の表情を顔にうかべ、また手をさしだしてくるのだ。足りないのかと思いながら、百ペセタ渡すと、今度は納得したのかニッコリ微笑むのである。

バスがさらに走りつづけると、なだらかな丘陵地に点々と人家がみえてきた。四角形をした白壁の小さな家で、隣に粗末な家畜小屋のようなものがついている。小学生ほどの男の子たちが水桶をかつぎ、サンダルをはいた女の子たちが小走りにヤギを小屋のほうに追い込んでゆくのが目撃された。貧しい生活のためとはいえ、懸命に親の手伝いをしている姿がけなげだった。モロッコの海岸ぞいの荒涼たる丘陵地のここには、貧困と混乱が支配していたが、日本の戦後風景をふと思い起こさせるものがある。通り過ぎてゆくバスに眼をキラキラ光らせながら、手を振っている子供たちの白い歯がじつに印象的であった。

タンジール観光の最後に待っていたのは、カスバ見学であった。白い回教服と赤い帽子をかぶった現地ガイドに先導されて、私たちは妖しい雰囲気と殺気のただよう迷路のような石畳を歩いた。薄汚れた石づくりの白とクリーム色を基調にした、イスラム風の建物が縺れあうように迷路のなかに立ちならび、狭い路地に入ると昼間でも薄暗かった。路地や通りには静寂と喧騒のふたつが同居している。大人たちが家のまえの涼しい石段に腰をおろし、うつろな眼で空をみあげているかと思えば、眼の澄んだ子供たちが親しげに、それでいていくらか含羞をふくんだ顔で、私たち日本人に向かって「サヨナラ」と呼びかけてきたりする。売り物のニワトリなのか、子供たちが歓声をあげて、かごから逃げたニワトリを追って、路地を走りまわっている。バザールの屋台の食べ物にはハエがたかり、今にも腐臭が漂ってきそうだったが、カスバの端から端まで活気がみなぎり、人々の生きることへの貪欲な本能を感じることができた。

生活の臭いがあふれる路地から路地を歩きながら、私は過去にタイムスリップしたような気分になっていた。コスタ・デル・ソルの最高級リザート地、マルベーヤに休暇で滞在しているという、同じツアー客のアメリカ人の外科医が、ならんで歩いている私に向かって、「東京の道路もこんなに狭いのか」と両手をすぼめて聞いてくる。「場所によりますよ」と応えると、外科医は納得した顔をした。彼はカルチャーショックを楽しんでいるかのように、眼にするあらゆるものに少年のような好奇心をしめし、蛇使いのヘビを首にまいた自分の姿を、ぜひ写真にとってくれと私にせがんだ。彼は疲れている妻子をマルベーヤのホテルに残して、ひとりでこのモロッコ・ツアーに参加したのだという。

路地を歩いていると、いたところでチャドルで顔を隠した女性たちに遭遇する。戒律で男に素顔をみせることを禁じられているためなのか、一部の若い女性をのぞけば、ほとんどがチャドルをかぶっている。道端で果物を売っている三人のチャドル姿の老婆がいたので、外科医がカメラを向けようとすると、女性たちは怒気をふくんだ声で罵声をあびせかけ、ぷいっと顔をそむけてしまった。このようにモロッコ、とりわけカスバは私にとって、めくるめくような驚きの連続だった。カルチャーショックでも、スペインの光と影のかもしだす哀愁でもなく、日本がまだ貧しかったあの懐かしい少年時代の思い出、進駐軍からもらった脱脂粉乳を飲んだ小学校時代を、ふと思い起こさせるものがここモロッコにはあった。

＊

翌日、私たちはトレモリノスからバスでミハスに向かった。昨夜ホテルに戻ったのが十一時過ぎだったので、少し睡眠不足ぎみだった。白亜の近代的なホテルが林立するなかをしばらく走り、進路を山側にとり、美しいオリーブの畑をいくつも抜けると、そこがミハスだった。ミハスはミハス山脈の中腹にだかれた村で、「スペインで最も美しい村」というキャッチフレーズで売り出している。緑濃い風光明媚の地、気候も温暖、いかにも宣伝文句に嘘偽りなしという印象をあたえてくれる村だ。コスタ・デル・ソルからも近いので、外国人の観光客も多く訪れることで有名である。とにかく静かで落ち着いた山間の村である。観光の目玉のひとつがロバ・タクシーで、このタクシーに乗って村の観光名所である四角い闘牛場や、旧領主の館跡に建てられている瀟洒なホテルをまわるのがお定まりのコースになっている。

私たちも朝のさわやかな大気のなかを、ロバがひく観光馬車に乗って、村をひとまわりすることになった。日本人ツアー客を二人ずつ乗せて、ロバたちは一列縦隊のまま、白壁と赤い煉瓦の屋根がつらなる起伏のおおい石畳を、苦しげに首をふりながらのぼって行くのだった。横道にそれたり、立ちどまろうとすると、御者役の少年たちが怒りの声をあげて、容赦なくムチをあてるのだ。そのたびにロバは、必死になって体勢を立て直そうとする。ロバはその愛くるしい顔とは裏腹に、強情で忍耐づよい動物だとは聞いていたが、これはあまりにも痛ましい眺めだった。実際、静かな村のなかでロバの苦しげな声を聞くのは気持のいいものではなかった。

ところで、ミハス村は観光地化された現代的な装いの裏に、血に塗られた悲惨な過去を隠し持っている。ロナルド・フレーザーの書いた『壁に隠れて　理髪師マヌエルとスペイン内乱』という本で日本でも知られているように、ミハスは動乱のスペイン現代史の暗い側面を象徴する村でもあるのだ。スペイン内戦が終結してから、アンダルシア地方で共和国支持派の最後の村長だった理髪師のマヌエルが、フランコ政権の報復と虐殺を恐れるあまり、村民の眼をさけて三十年の長きにわって隠れ住んでいたのが、ほかならぬこのミハス村であるからだ。しかし、清楚ないまのミハス村は地中海から吹きあがってくる涼風ときらめく陽光のなかで、まるで過去の悲劇を忘れたかのように静寂のなかに沈潜している。

観光をおえた私たちはミハスを離れ、またトレモリノスを経由して、アンダルシア地方で最大の都市であり、ピカソの生誕地としても知られるマラガに向かった。フェニキア人によって開かれ、その名称がマラッカ（女王）に由来するといわれるマラガの街は、コスタ・デル・ソル観光の起点地らしく、国際空港のほかに高層ビルも林立している。かつてスペイン内戦の激戦地だったこのマラガの闘牛場では、内戦に勝利したフランコ軍によって共和国支持派の人々が、何千人も射殺されたといわれている。カタロニアとならんで伝統的にアナキスト系の勢力が強かったアンダルシア地方では、フランコ派による報復殺戮が各地で行われたと内戦史は伝えている。しかし、バスの車窓からみるマラガの街はあくまでも平和で、近代都市のたたずまいをみせている。

バスはマラガの市街地を抜けると、またスペイン特有の赤茶けた丘陵地や大地をぬって、ひたすら山道を走りつづける。日差しがつよく乾燥しているはずなのに、トウモロコシやオリーブの木がいたるところにある。やはりアンダルシアは肥沃なのだ。スペインでは一年中ほとんど雨が降らないと聞いていたが、なるほどバスの前方には抜けるような青空が広がっている。誇張でもなんでもなく、毎日が雲ひとつない快晴なのである。私は快晴の空のした、車窓を流れる灼熱の風景ばかりみていた。途中、かつてのイスラム教徒の城塞都市といわれるアンテケーラで昼食をとり、ロハという面白い名前の村でトイレ休憩をしてから、私たちは最終目的地のグラナダを目指した。

バスはそれからまたえんえんと走りつづけ、宿泊先のメリア・ホテルに着いたのは五時すぎだった。夕食まで数時間ほどの自由時間があったので、私はひとり街を散策することにした。ホテルをでた途端、汗がどっと噴きだしてくるのはいつものことだった。炎熱のなかを人の流れに身をまかせながら、あちらこちらに視線を泳がせているうちに、私はスペインの大都市でいつも感じる想念にとらわれていた。キリスト教の教会やイスラムの回教寺院、アラブ風文化の名残り、歴史を刻んだ石の建造物、広場を中心にして放射状にのびる市街地、ゆったりとした時間の流れ、屈託のない人々の日々の営み、街路樹の緑の鮮烈さ、容赦なく照りつけてくる厳しい陽光。これこそまさにスペインという、それは想念だった。

私は汗をふきながら中心街のはずれまで歩き、そのあいだ何枚か写真をとった。顔をあげると、遠くのほうに丘陵地のようなものがみえた。あれがシェラネバダ山脈なのであろうか。ガイドブックの情報によると、グラナダはネバダ山脈の北麓にある街で、人口は約二十六万。ネバダ山脈の雪どけ水のせいで肥沃な土地柄であり、八百年ものあいだイベリア半島を支配してきたイスラム王朝の最後の砦だったといわれている。そんなことを思い出しながら、私はまた中心街にひき返し、大きなデパートに入って、カラーフィルムとたまたま見つけたスペイン語版の薄い三島由紀夫の伝記を買った。それから木陰のカフェテラスに立ち寄って、ドン・ミゲールという銘柄のビールを飲んだが、気候のせいかこれがたまらなく旨かった。

ビールを飲みながら、しばらくは放心状態だったが、気を取りなおしてまた通行人の流れに乗った。流れのままに歩き、メインストリートらしい交通量の多いT字路を横切り、さらに歩を進めると、お土産物屋がたちならんでいる路地の前方の空間に、突如という感じでカテドラルがみえてきた。思わず歩を速めていた。十六世紀から十八世紀にかけて建てられたゴシック・ルネサンス様式の寺院らしく、大会堂は二十本ほどの強固な石柱で支えられ、その上には聖書の物語を模した鋭角的な彫刻像が飾られている。ふり仰いで尖塔をみつめていると、首が痛くなってくる。カテドラルのまえには建物で囲まれたコンクリートの小さな広場があって、観光客でにぎわっている。それにしてもカテドラルのもつ垂直性、鋭角性、意志性、権力性、そしてその底を流れる敬虔な信仰心のあつさには毎度のことながら圧倒される。

ここグラナダにはアルハンブラ宮殿がある。アルハンブラは世界一美しい宮殿といわれるが、市内の小高い丘のうえに立っている。夕陽に染まったときがことのほか美しいため、アラビア語で「赤い城」を意味している。私たちが訪れたのはあいにく午前中だったので、夕陽にはえるその優美な姿をみることはできなかった。しかし、午前の透明な光のなかにたたずむ宮殿は、深い静寂とつややかな杉木立にかこまれて、沈黙のうちに過去の栄華をしのんでいるようにみえた。私たちは現地ガイドに案内されて、「裁きの門」からなかに入った。「裁きの門」は入口にアラビア風の模様が彫られた四角形の石造りの門であったが、歴史の変遷を象徴して色がくずれ、今では赤茶けた色をしている。「裁きの門」という名前が示唆しているように、昔ここで罪人が裁かれたのだという。

アルハンブラ宮殿は外からみると、それ自体ひとつの堅牢な城塞のようなものだが、いったん内部に入るとゆったりとした空間構成になっている。私たちは順路にしたがって、世界各国からの大勢の観光客とともに、西端にある宮殿のなかでは最古といわれるアルカサバから見学をはじめた。それから十四世紀に建てられたという王宮へと進み、壁や天井などに精緻なアラベスク彫刻や漆喰模様が施されている「メスアールの間」や「大使の間」、さらには贅をつくした「カルロス五世の宮殿」などをみて回った。これらの内部建築や内部装飾はむろん美学的にすぐれたものであり、同時にかつてのイスラム王朝の権勢の強大さを想起させたが、私にはいまひとつ感興がわいてこなかった。すでにキリスト教の巨大なカテドラルをたくさんみてしまったせいなのかも知れない。

私の個人的な感想では、アルハンブラ宮殿の美しさと精髄は内部装飾というよりもむしろ、中庭や庭園の優美さにあるように思われた。たとえば、その美しさは「アラヤネスの中庭」や噴水で有名な「ライオンの中庭」、王の夏の別荘跡といわれるヘネラリフェ、さらにはネバダ山脈の水を引いて造園されたという「アセキアの中庭」などにあるように思われるのだ。緑が鮮やかな糸杉やいろんな樹木を配置した庭園がまずあり、そのなかに色とりどりの草花をちりばめ、泉や池をめぐらし、せせらぎのように水を流し、噴水で水のアーチをつくる。いかにも権力者が好みそうな趣向だが、しかし真実はそのようなことではなく、これは無味乾燥の砂漠に生きたイスラム教徒たちの集合的無意識、端的にいえば、砂漠の民の緑樹と水にたいする飢餓感の逆説的表現なのではなかろうか。彼らはこの支配地のスペインで、おそらく砂漠のなかのオアシスを作ろうとしたのだ。もしそうであるなら、アルハンブラ宮殿とは、砂漠の民がいだいた夢幻のなかの蜃気楼なのかもしれない。

私たちは午前中にアルハンブラ宮殿の観光を切りあげ、次の目的地のコルドバに向かった。バスの車窓にはオリーブの木と黒枯れたヒマワリ畑のある光景が、休むまもなく浮かんでは消えていった。途中の小さな村のレストランで昼食をとると、二時間ほどでコルドバに着いた。水量の豊かな暗緑色のグアダルキビール川にかかる石橋を渡りきるとバスを降り、現地ガイドのスペイン人に先導されて、そのままメスキータ（回教寺院）見物に出かけた。メスキータはグアダルキビール河畔に八世紀に建立された大回教寺院で、のちに増改築を重ねてキリスト教寺院になったという歴史をもつ、風変わりなイスラム教とキリスト教の混合寺院である。その複雑な歴史を反映するかのように、薄暗い内部に足を踏み入れると、堂内を支える八百五十本ともいわれる大理石の柱と、赤白の二重アーチが幻想的な雰囲気をかもしだしている。平面性と垂直性の対立とでも呼べばいいのか、メスキータは複雑な内部矛盾をかかえたまま、午後の炎熱のなかに横たわっていた。

　コルドバはローマ支配時代を経て、八世紀のアラブ王国時代はヨーロッパ最大の都市として栄えたといわれている。どことなく歴史の重みとその重圧が感じられる街である。しかし、私たちは時間の制約のためにコルドバはメスキータ観光だけで切りあげ、ローマ時代に築かれた石橋を渡り、対岸のレストランで夕食を食べた。バルセロナ行きの夜行寝台特急に乗ることになっていたからだった。駅前広場にヤシの木の生えているいかにも南国風の駅舎で、人々もゆったりと列車の出発を待っている。

　寝台特急はすこし遅れて夜の九時ごろ、コルドバ駅を出発した。車窓には夕陽に染まったのどかな田園風景がはてしなくつづき、畑のいたるところでスプリンクラーが狂ったように水を散布している。バレンシア地方のせいなのか、遠目にも沃野という感じのする大地が広がっている。食堂車でビールを飲んでから、コンパートメントに戻り、ベッドにもぐり込んだが、寝台の構造と広さは日本のB寝台みたいで、窮屈というほどのことはなかった。スペイン内戦がはじまったとき、国際義勇兵の集結地になったアルバセーテの駅舎をみたいと願っていたので、車掌に聞いてみたところ到着は午前一時半ごろとのことだったので、そのまま起きていようとも思ったのだが、気がついたときはもう朝で、地中海の明るい海が車窓の外に広がっていた。それから列車は地中海を右手にみながらかなりの時間を走り、結局バルセロナに着いたのは、約一時間半遅れの午前十時半ごろのことだった。

　バルセロナはカタロニア地方の中心都市にふさわしく、駅舎も近代的で立派なものだった。ホームに降りたつと、現地ガイドの日本人男性が待っていてくれた。ガイドに案内されて、私たちは駅前に停車していたツアーバスに乗り込み、そのまま市内観光に出発した。最初の見学地は市内最古の地区で、十三世紀から十五世紀にかけて建てられた、ゴシック様式の建造物が集中しているゴシック地区の一角にある、巨大なカテドラルだった。広場は観光客であふれていたが、天を突くカテドラルの尖塔はいつみても圧倒的な迫力だった。駆け足の見学となったが、内部に入るといつもながら厳粛な気持になる。薄暗い礼拝堂のなかで、ひとりの老人が一心不乱にお祈りをささげていた。張りつめた空気がみなぎっていて、声を立てるのもはばかられた。

ここのカテドラルについていえば、トレドやセビリアのカテドラルのほうが壮観であったが、それでも宗教のもつ超越性と峻厳さはひしひしと伝わってきた。人間とは、生きながら死後の世界に思いをはせるという宿命から逃れられないのだろうか。そんなことをふと思っているうちに、バスは次の目的地のグエル公園に着いた。グエル公園はバルセロナの市街地のはずれに位置しているが、ここはガウディの独創的な多種多様な作品が集められていることで有名だ。ガイドに案内してもらって、私たちはガウディの作品をひとつひとつ見てまわったのだが、その奇怪なフォルムといい、その奇抜な構想力といい、ほとんど建築学の正統から大きく逸脱した作品の数々に、私は驚嘆せざるをえなかった。効率性と居住性のよさを追求することが近代建築の正道だとするなら、ガウディの作品はまぎれもなくポストモダン的な戯れにみちあふれている。曲線の多用、丸みをおびた石の素材、抽象画さながらの構成、南国的な混沌たるアナーキー、斬新な空間構成など、およそ建築の常識をこえた発想はたしかに、ガウディの奇才ぶりを大いにしめしている。

それにしても思うのだが、ガウディはなぜかかるグロテスクともいえる作品を、後世に残すことになったのか。私見だが、ガウディとは、建築に無意識を持ち込んだ人ではなかったのか。文学や絵画と同じように、建築というものに仮託して人間の無意識の領域を、その愉悦と存在論的な不安を、あるいはカーニヴァル的な祝祭性を表現しようとしたのではないのか。内面の形象化といえばもっぱら文学の専管事項だが、ガウディの場合には、それを建築において試みようとしたのではないか。

このあと私たちはバスで市内に戻り、ガウディのまだ完成途上にある聖家族教会を見学することになった。バスを降りると、いきなりロケットのような天をつく尖塔が八本、私の眼にとびこんできた。異様な高さと奇怪なフォルムをほこる教会である。天にむかって屹立する尖塔とそれを支える本堂の部分には、聖書の物語をあしらった彫刻がびっしりと彫られ、さながらキリスト教の絵巻物語をみる想いがする。そのうえ彫刻のひとつひとつがきわめて精巧、精緻にできていて、細密画の手法を駆使したかのような印象をうける。豪放磊落と繊細、ダイナミズムと細心、これらの対照的な要素があやういバランスで均衡をたもち、世界にもまれなこの聖家族教会の形式美を形づくっているようにみえた。

グエル公園の作品群もそうだが、ガウディの建築物のほとんどがその奇怪なフォルムに特徴をもっている。しかし、表層的にはグロテスクにみえながら、ガウディの建築観の底を流れている普遍的な理念は、おそらく人間にたいする信頼と優しさであり、これがふくよかな曲線の多用によって表現されているように思われてならないのだ。グロテスクな構図への執着はそれじたい、無意識の領域における悪夢じみた存在への不安の反映にほかならないはずなのだが、しかしガウディの場合にはそれだけでなく宗教的な遊びの要素、つまりは人間の共生をねがうカーニヴァル的な祝祭性が色濃くただよっているのだ。

レストランで昼食後、私たちはホテルに入った。午後の三時ごろから自由時間になり、それぞれが炎天の街にくりだした。私は妻をつれて、オーウェルが『カタロニア讃歌』のなかで活写したバルセロナの街の雰囲気をすこしでも感じようと、カタロニア広場まで下っていった。中央に噴水のあるカタロニア広場は、歴史をきざんだいくつもの建物にかこまれ、真夏の陽に激しく焼かれていた。想像していたよりも小ぶりの広場で、広場のなかを車がつぎつぎと走りぬけてゆく。いまでは五十年以上もまえのことだが、スペイン内戦のときに共和国陣営内部のヘゲモニー争いから、ここに砂袋のバリケードが築かれ、市街戦が行われたとはとても思えないほど、カタロニア広場は平和のなかに浸りきっている。ちかくに近代的なデパートがあるせいか、街路は人であふれかえり、まるで新宿の歩行者天国のようだった。街路をはさんだ反対側には反フランコ派の内部抗争といわれた、バルセロナのあの「五月事件」の発火点となった電話交換局の白い建物が立っている。テレフォニカという建物の表示がなければ、見過ごしてしまいそうなほど、なんの変哲もない十階ほどのビルだった。

写真を何枚かとった後で、私たちは感慨にひたるまもなく、オーウェルと夫人が滞在したコンチネンタル・ホテルを探して、ランブラス通りに足を向けた。ランブラスは旧市街地にあるプラタナスが両側に植えられた通りで、先端まで行くとバルセロナ港がある。遊歩道には雑誌や書籍などをうるキヨスク、極彩色の熱帯の小鳥をうる鳥屋、さらには花屋のスタンドなどが立ちならび、かなりの人出でにぎわっている。カフェテラスでは人々が談笑し、活気のある人間の匂いのする通りだった。

事前にだいたいの場所をガイドさんから聞いていたので、私たちは難なくコンチネンタル・ホテルをみつけることができた。ホテルはランブラス通りの入口にある、六階建てほどのビルのなかにあった。一階はブティックになっており、そのうえには一つ星のべつのホテルがあり、コンチネンタル・ホテルはそのうえの二階部分を占めている。三つ星のホテルで、日除けのような青いビニール・シートのうえにホテルの名前が書いてあった。目的をもって探す気がなければ、そのまま通り過ぎてしまうほど小さな目立たないホテルだった。改装されて当時とは趣が変わってしまったのかどうか不明だったが、私はある感慨をこめてホテルを写真にとった。胸の奥からわきあがる感激もなく、ああこれなのか、という淡々とした気持であった。

コンチネンタル・ホテルを後にして、私たちはランブラス通りを下り、途中でサン・ホセ市場をのぞいてから、コロンブスの記念柱が立っている港まで足をのばした。巨大な柱のうえで石像のコロンブスが、誇らしげに新大陸アメリカを指さしていた。港の広場には、コロンブスがアメリカ大陸に到達したときに使ったという、帆船サンタ・マリア号の復元船が係留されている。ここには大航海時代の偉大な栄光と、世界的な権勢につつまれた過去のスペインがあった。

それからタクシーを拾って、ピカソ美術館にむかった。かつての貴族の邸宅を改装したものだというこの美術館には、ピカソの子供時代の走りがきから、「青の時代」、「バラの時代」に至るまでのおびただしい作品が展示されている。習作時代の作品からここに展示されている作品までを眺めてみると、いかにピカソが時代ごとにその色彩感覚を変化させてきたのかがわかる。天才とは時代を先取りしつつ、たえず技法的な革新をもとめる人間だとするなら、ピカソこそまさしくその名にあたいする芸術家だった。

たしかにバルセロナの街を歩いていると、天才的芸術家をはぐくむような雰囲気がただよっている。有史以前からフェニキア人によって開かれたスペイン第二の都市、このバルセロナの街には古代や中世からの文化遺産と現代性がほどよく調和したなかに、港町というエキゾティックな開放性、中央政府のマドリッドにたいする対抗意識、さらには自主独立の気運などがみなぎり、そしてこれらが渾然一体となってバルセロナの芸術的雰囲気を醸成しているようにも思われるのである。二十世紀の異端的巨匠たち、たとえばミロ、ダリ、ピカソ、そしてガウディなどがバルセロナを中心とするカタロニア地方から輩出したことは、この地方の歴史と文化、とりわけその革新性とは無縁ではない。十九世紀以来、アナキストたちがこの地方を拠点として、自由と解放をもとめて闘ってきた歴史ともおそらく関係があるのだ。

バルセロナのマジェスティック・ホテルは、スペイン旅行最後の宿泊先となった。翌日の午前中に私たちはブリュセル、ワルシャワ、そしてモスクワを経由して帰国することになっていた。ハードなスケジュールでかなり疲れてもいたが、スペイン本土の半分以上をこの眼でみてきたという満足感が、ここちよい充実感とまじりあっていた。光と影、情熱と哀愁、自由と沈鬱、野生と洗練、このようにスペインを形容する言葉はたくさんあるが、いま私の胸に浮かんでくるのはバスの車窓からみた赤茶けた丘陵地と仮借ない炎熱、それに壮麗なカテドラルの垂直性である。

（『えん』一九八九年一月、第五号）

吉岡栄一（よしおか・えいいち）

1950年、北海道生まれ。1981年法政大学大学院、英文学専攻博士課程修了。トルーマン州立大学大学院留学。現在、東京情報大学教授。日本コンラッド協会顧問。

主要著訳書『青野聰―海外放浪と帰還者の文学』（彩流社）、『亡命者ジョウゼフ・コンラッドの世思』（南雲堂フェニックス）、『文芸時評―現状と本当は恐いその歴史』（彩流社）、「QA」別冊『文章読本』（共著、平凡社）、『英語おもしろ知識』（共著、三修社）、『英米文学と言語』（共著、ホメロス社）、『それぞれのスペイン』（共著、山手書房新社）、『世界の古書店』（共著、丸善ライブラリー）、『大江からばななまで―現代文学研究案内』（共著、日外アソシエーツ）、『異文化の諸相』（共著、朝日出版社）、『バルセロナ散策』（共著、行路社）、『英語の探検』（共著、南雲堂フェニックス）、*Orwell: A Centenary Tribute from Japan*（共著、彩流社）、『オーウェル―20世紀を超えて』（共著、音羽書房鶴見書店）、『現代女性作家読本⑩　中沢けい』（共著、鼎書房）、『文学の万華鏡―英米文学とその周辺』（共編著、れんが書房新社）、『イギリス検定』（共著、南雲堂フェニックス）、『思い出のオーウェル』（オーウェル会共訳、晶文社）、『オーウェル入門』（共訳、彩流社）、『地球からの手紙』（共訳「マーク・トウェイン　コレクション３」彩流社）、『人間とは何か？』（共訳「同　４」彩流社）、『地中海遊覧記（上・下）』（共訳「同　10」彩流社）、『ハワイ通信』（共訳「同　15」彩流社）、『気の向くままに　同時代批評 1943-1947』（オーウェル会共訳、彩流社）、その他。

単独者のつぶやき　書評と紀行

発行日　二〇一一年六月三〇日
著　者　吉岡栄一
発行者　加曽利達孝
発行所　鼎　書　房
〒132-0031 東京都江戸川区松島二-一七-二
TEL・FAX　〇三-三六五四-一〇六四
印刷所　太平印刷社
製本所　エイワ

ISBN978-4-907846-82-4　C0095